Mordre au travers

DU MÊME AUTEUR

Aux Éditions Florent Massot
Baise-moi, 1994
Les Chiennes savantes, 1996

Aux Éditions Grasset
Les Jolies choses, 1998
Teen Spirit, 2002
Bye bye Blondie, 2004
King Kong Théorie, 2006

Virginie Despentes

Mordre au travers

Nouvelles

Librio
Texte intégral

« I hate myself and I want to die. »

Kurt COBAIN

Je te veux pour moi

Ce type était plutôt sympathique. Mais sa copine était trop bonne pour que j'en fasse un pote. Je lui livrais son shit à domicile, par petites quantités, ce qui me fournissait l'occasion de leur rendre régulièrement visite.

Je sonnais, c'était toujours elle qui venait ouvrir. Cette fille n'était jamais franchement habillée, c'était une fille d'intérieur. Elle sortait rarement, si ce n'est jusqu'à l'épicerie en dessous de chez eux, pour acheter de quoi faire à manger. Une gamine sans embrouille, que le monde extérieur ne fascinait pas.

Elle portait d'étranges chemises de nuit, à base de dentelle et de soie, roses ou noires, qui perturbaient gravement. On la devinait bien dessous, et son cul était admirable : douillet et accueillant. Elle montait à la tête, calmement. Elle donnait toujours l'impression d'être surprise au saut du lit. J'en venais à aimer qu'elle soit blonde, j'ai toujours eu horreur des blondes. Mais celle-là me remuait tellement, je la gravais dans ma tête et, sorti de chez eux, je la faisais tourner en boucle, dans tous les sens possibles.

Elle ouvrait, elle souriait et s'écartait pour me laisser entrer. Le couloir était étroit, juste assez pour qu'on ne se touche pas, mais que je sente comme elle respirait. Elle me demandait ce que je voulais boire, si j'étais sûr d'avoir mangé. Je trouvais toujours quelque chose à accepter, pour prolonger ma visite. Quand elle me servait le café je la sentais tellement près j'en attrapais la gaule, immanquablement. Elle sentait bon, parfum de femme mêlé à son odeur à elle, une odeur animale, quelque chose d'excitant. Tous ses gestes étaient tendres, cette façon qu'elle avait d'habiter tout son corps. Affolement.

Puis, elle retournait s'asseoir dans son coin. La plupart du temps elle faisait des mots croisés, ou bien peignait ses ongles, sans rien dire. Moi je regardais sa bouche, et j'étais fait pour la fourrer. L'idée qu'elle se taise et qu'elle reste chez elle parce qu'elle était conne et limitée ne m'a jamais effleuré l'esprit, et pas seulement parce qu'elle en appelait davantage au bas-ventre qu'aux choses du raisonnement. Elle avait ce truc tranquille, dans le sourire et le regard, ce truc bien vivant et terriblement chaud.

Quand son copain avait roulé le splif, il le lui passait pour qu'elle l'allume. Elle portait souvent du rouge à lèvres (ça me rendait moitié dingue de penser que c'était exclusivement pour lui, que personne d'autre que lui ne profitait de cette fille, même pas des yeux) et le filtre était marqué d'une empreinte de bouche quand elle nous tendait le joint. Leur salon me semblait étroit, le truc qu'elle me faisait c'était tellement de la dynamite que j'avais peur de faire péter les murs.

Je me demandais ce qu'elle foutait avec ce type : est-ce qu'il la baisait si bien que ça? Il n'avait pas de thune, aucun prestige, pas de situation. Et son humour était tout pourri. C'était juste un type cool, pas de quoi impressionner. Il y en avait des centaines d'autres comme lui. Il avait l'air correct avec elle, mais je m'étais persuadé qu'il ne mesurait pas la chance qu'il avait.

J'imaginais souvent, si elle était ma femme, comment ça changerait ma vie. Pouvoir me reposer parfois, et avoir quelqu'un pour qui faire de mon mieux. Ça aurait changé un tas de choses, si j'avais eu une copine pareille. J'aurais été quelqu'un de différent : plus stable, plus volontaire, plus généreux. Et j'en aurais fini avec tous les sales trucs. Je ne me serais pas défoncé comme un con, je n'aurais pas gaspillé les francs, j'aurais cessé de perdre mon temps, je n'aurais pas été mauvais avec les autres parce que je n'aurais plus eu aucune rancœur. Et à elle aussi, j'aurais fait du bien. Je lui aurais montré plein de choses, et j'aurais pris soin d'elle comme personne. L'un comme l'autre, on se serait mis au top du top.

Vraiment, je ne pouvais pas croire qu'il la baisait si bien que ça. Plus je le regardais moins je pouvais le croire. Ça se repère, les garçons qui font crier les filles. Et c'était pas son cas. Trop fade, trop éteint. De la confiture aux cochons, cette fille superbe et si tentante, avec ses seins splendides et son ventre bombé, ses ongles toujours rouges et ses chevilles tellement fines. Je ne pouvais pas croire qu'il savait quoi en faire, pas comme moi j'aurais su.

Et petit à petit je m'étais mis à en vouloir furieusement à ce type : ça m'agaçait, qu'il soit là à chaque fois, qu'il nous empêche de nous rencontrer.

Alors, j'ai repéré comment il travaillait. Histoire de passer par hasard quand elle serait seule. Un jeudi soir qu'il était sur un plan démontage, j'ai remué toute la ville pour trouver de la skunk, ça me faisait un prétexte. Devant la porte j'étais excité comme un gamin qui fait un truc vraiment dangereux. J'ai sonné et fait mon innocent :

— Bonjour, ça va ? Je passe à l'improviste parce que j'ai un plan beu, mais j'en ai pas beaucoup. Alors des fois que ça vous intéresse... Faudrait en profiter aujourd'hui.

Qu'est-ce que j'aimais le sourire qu'elle avait en me voyant, son sourire de bienvenue. Je me demandais si elle faisait ça à tous les visiteurs, son visage qui s'éclaire et les yeux qui pétillent. Je pensais à sa langue.

Elle portait ce soir-là une robe d'été à fleurs. Il y manquait plusieurs boutons. Ceux qu'il fallait... En haut, alors on lui devinait bien la poitrine, qu'elle avait gentiment généreuse. Et en bas, comme ça on lui voyait aussi les jambes jusqu'aux cuisses, des jambes qu'elle avait longues et dessinées comme une poupée (fais voir tes jambes, j'ai envie de te bouffer la chatte, t'agripper ton cul à pleines mains et te faire ronronner pendant des heures, je serai bien au chaud la tête entre tes cuisses, je te ferai du bien t'y croiras pas).

Pourtant, les filles, c'est pas ce qui manque. Et jusque-là je me faisais pas chier à vouloir m'occuper de celles des autres. Mais celle-là avait ce truc paradoxal, ce don terrible pour être chienne, en même temps que douce et rassurante. Elle savait ce qu'elle me faisait, ça la laissait tranquille, jamais elle ne cherchait à en tirer profit.

Elle a expliqué :

— Mon copain travaille, mais rentre si tu veux, il y a du rosé au frais... Que tu ne sois pas venu pour rien !

J'étais pas venu pour rien, j'avais une idée très précise sur comment tout cela devait finir.

Un jour ou l'autre, j'allais lui éjaculer partout dessus, mais aussi dormir contre elle d'un sommeil d'ange. Un jour prochain je descendrai lui acheter des croissants, je lui montrerai tous les films que j'aime, elle me dira tout d'elle, ça sera rien que des trucs chouettes et je lui ferai des enfants.

J'ai donc accepté de prendre un verre de rosé, puisqu'il faut bien commencer par quelque chose.

Au salon j'ai sorti ma skunk. Elle s'était assise par terre, au pied de la banquette où moi j'étais. Je me suis mis à lui parler de conneries, elle m'écoutait attentivement, elle éclatait parfois de rire et à ces moments ses yeux attrapaient les miens, elle plongeait dans moi sans hésitation, s'ouvrait tout entière et prenait tout de moi.

Ce premier tête-à-tête a duré quelques heures, de pure félicité bien qu'il ne se soit rien passé. Sa voix était faite pour dire des trucs torrides, pour murmurer des trucs qui remuent. Elle n'avait pas un seul geste de travers, pas un seul mouvement qui n'incite pas à la débauche. Mais j'avais bien trop envie d'elle pour pouvoir la toucher si tôt.

Alors je suis revenu aussi souvent que possible. Dès qu'il était parti, je passais là par hasard. Et elle ne disait rien, restait toute naturelle. Dans la conversation, elle trouvait l'occasion de me dire quand son copain travaillerait, et même à quelle heure il allait rentrer. Je me demandais si elle lui disait qu'on se voyait autant.

J'aimais croire qu'elle le lui cachait, parce que c'était comme de le tromper un peu. A part de ses horaires, on ne parlait jamais de lui. Comme elle se refusait à en dire le moindre mal, je ne voulais plus aborder le sujet.

Ça a duré comme ça pendant plusieurs semaines. Et elles ne m'ont pas franchement servi à m'habituer à elle et me désamorcer la bombe interne.

Et un soir, sa mère a appelé, elle a posé la main sur l'écouteur. A chuchoté :

— C'est maman, et je crois bien qu'elle a envie de causer. Sers-toi à boire en m'attendant.

Et elle s'est enfermée dans la chambre avec le téléphone. Moi, j'attendais. La télécommande du magnétoscope traînait sur la table basse, j'ai enclenché pour voir ce qu'il y avait dedans.

Et je l'ai vue, elle, filmée dans le canapé où j'étais assis. Elle était nue, elle jouait avec ses seins sans quitter la caméra des yeux et c'était comme si elle me regardait, moi, et s'agaçait de ce que je ne me décide pas ; puis elle a doucement écarté ses cuisses, sans baisser les yeux. J'ai appuyé sur stop.

J'étais furieux parce que c'était son copain qui avait filmé ça. Elle est sortie de la chambre, toute douce et très souriante. S'est penchée sur la table pour la débarrasser, d'où j'étais je voyais plus que je ne devinais ses seins lourds et mobiles, nichons pleins d'émotions, de promesses infernales... Quand elle s'est redressée, on s'est regardés, elle m'attendait.

J'ai posé ma main sur sa hanche. Ses yeux sur moi, intensément, le même regard que celui qu'elle avait eu à l'écran.

Et elle est venue contre moi. Le souvenir que j'en ai est tout en ralenti. Tout m'était permis, sans négociation. Je la regardais me pomper à pleine bouche, relever les yeux vers moi, très calme et appliquée. Je lui ai giclé pleine face, sans aucun ménagement. Elle n'a pas eu le temps de s'essuyer je bandais de nouveau et je voulais être dans son ventre parce que je savais que c'était brûlant comme l'enfer et c'était bien plus chaud que ce que j'imaginais.

Pour quelque temps, la formule m'a pleinement satisfait. Je débarquais dès que son copain passait le coin de
la rue et elle n'avait pas refermé la porte sur moi que
j'étais déjà dedans. On discutait beaucoup moins, et
c'était encore mieux que tout ce que je m'étais imaginé.
Elle était faite pour ça, pas un seul endroit d'elle où
poser la main n'était pas excitant. Et pas un seul truc
qu'on lui fasse sans qu'elle sache comment se mettre
pour être vraiment bandante. Moi je l'aimais surtout de
dos, lui empoigner les hanches. Elle rejetait ses cheveux
en arrière, se cambrait, ses pointes blondes arrivaient
presque là où je la pistonnais. Ça me rendait fou
furieux. Ça me semblait très très bien.

Juste après, elle faisait la femme comblée, ça me plaisait ça aussi. Se lovait contre moi avec des yeux pleins
d'apaisement et un sourire reconnaissant, sereine et
bien baisée.

Tout ça me plaisait tellement que dans un premier
temps, je ne rechignais pas à partir juste avant que
l'autre arrive. J'avais juste tendance à traîner un peu,
pour qu'elle n'ait pas le temps de prendre une douche et
j'avais envie qu'il sente mon foutre à moi dégouliner le
long de ses cuisses quand il rentrerait. J'aimais bien
l'imaginer entreprenant de la lécher et qu'au lieu de son
odeur à elle il sente celle de ma queue. J'aurais pu,
j'aurais pissé partout dans leur chambre, qu'il
comprenne bien que ça n'était plus uniquement chez
lui.

Ainsi, il a rapidement fallu qu'elle insiste lourdement
pour que je parte à l'heure. Ça commençait à me
prendre la tête, savoir que c'était lui qui dormait dans
son lit.

Les matins, je me réveillais énervé parce qu'elle n'était
pas là.

Et je me suis mis à lui en parler. J'arrivais, on forni-
quait, et au lieu de remettre ça je la tarabustais :

— Mais qu'est-ce que tu lui trouves ? Sérieux, tu crois
que t'es bien avec lui ? Mais si tu crois ça, attends de voir
comment ça serait si on était ensemble, et tu comprend-
ras ce que c'est qu'être bien avec quelqu'un, ça n'a
aucun rapport avec ce truc lamentable.

Elle ne répondait rien.

Moi, j'avais ruminé d'autres trucs à lui balancer. Et je me suis mis à lui en parler aussi pendant qu'on était mêlés, entre deux coups de rein je lui glissais à l'oreille :

— Et avec lui, c'est bon aussi? Il te met dans le même état, tu gémis comme une chienne avec lui aussi?

Et je recommençais à la limer. J'avais à peine éjaculé que je remettais ça :

— Tu crois que ça va durer comme ça pendant combien de temps? Tu me fais du mal tu sais, vraiment du mal, je deviens dingue moi. Tu vas choisir quand? Tu me réponds? Tu vas lui dire quand?

Je prenais un sale plaisir à la harceler comme ça, un sale plaisir à tout foutre en l'air.

— Mais rends-toi compte, si on était ensemble, mais je te couvrirais de cadeaux, je t'emmènerais de partout, je serais un autre homme. Pis j'en ai marre que tu te fermes comme une huître dès qu'on parle de ça, c'est facile de faire ce que tu fais, t'as le beau rôle toi... Tu vas lui dire quand?

Elle finissait par se justifier :

— Je le rends heureux tu sais, comme pas pensable, et moi pareil, j'ai pas envie de partir, arrête avec ça.

Ça me mettait dans une rage noire. Je hurlais :

— O.K. Et moi je te fais quoi? Je peux savoir ce que je viens foutre dans cette histoire? Et moi ce que ça me fait, il y a quelqu'un que ça intéresse? J'ai besoin de toi, besoin de toi... Je voudrais qu'on me donne ma chance, une seule fois... Et c'est toi cette chance.

Je la serrais dans mes bras comme si j'étais en plein naufrage et parfois j'éclatais en sanglots la tête enfouie dans ses genoux. Et petit à petit je la tirais dans mon jeu, et elle s'est laissé compliquer l'esprit, mettre le doute et le remords. Je voulais cette fille, c'était devenu une idée fixe. Elle avait déclaré :

— C'est ton caprice, c'est tout. Sinon me voir presque tous les jours ça te suffirait et tu n'aurais pas envie de faire tant de mal. Je suis ton nouveau caprice. Mais quand tu m'auras je ne t'amuserai plus pareil, parce que t'es ce genre de gars...

J'étais ébahi par sa résistance, mais qu'est-ce que ce type pouvait bien lui faire...

A force de ténacité, de lui rappeler combien je souffrais, à force de l'accuser, elle a fini par promettre :

— Ce soir, je lui dis ce qui s'est passé, et je lui annonce que je pars. Promis.

C'est tout ce qui m'intéressait. Elle était brisée et incroyablement triste. Je m'en foutais. Elle était déterminée, j'allais avoir ce que je voulais. Pour le reste, on verrait bien plus tard...

Je suis rentré chez moi, je l'ai attendue toute la soirée.

Comme elle n'arrivait pas, je me suis mis à téléphoner. Mais ça ne répondait pas.

J'ai compris qu'ils s'étaient réconciliés. C'était insupportable, il me la fallait tout de suite. J'ai débarqué chez eux en pleine nuit.

C'est lui qui m'a ouvert, pas endormi du tout. J'étais tout prêt à me battre, à tout casser chez eux. Ramener cette fille chez moi, et même contre son gré. Pour son bien, pour le mien.

Mais le regard qu'il m'a jeté m'a calmé net. Il m'attendait, il était d'un calme glacial, dédaigneux. Je l'ai suivi au salon où il s'est assis, il était très raide, le regard fixe mâchoire crispée. Il a dégluti, voix blanche et très distante :

— Elle m'a parlé ce soir, comme tu lui avais demandé. Je savais que tu la baisais, mais je pensais pas qu'elle partirait. Je ne pouvais pas.

Il a désigné la chambre d'un signe de tête.

J'étais encore debout, et j'avais pas encore compris.

J'ai ouvert la porte. Elle était sur le lit. Lui ne s'était pas levé, d'un calme terrifiant. Il a ajouté :

— T'imagines pas, comment je tenais à elle.

Il l'avait étranglée.

Je suis reparti.

Dans la rue, je pensais à cette scène quand j'étais gamin et ma mère avait jeté cette mitraillette incroyable qu'on se disputait mon frère et moi. « Voilà, comme ça, elle ne sera pour personne et vous me foutrez la paix. »

Mars 1994

Domina

A genoux devant le Frigidaire, elle fixe les étagères vides, jusqu'à ce qu'il intervienne :

— T'as déjà faim ? Mais on a mangé, hier !

Elle tourne la tête vers lui, sans rien répondre, est-ce qu'il se trouve drôle ? Elle se relève, soupire, grimace, claque la porte du frigo avec son pied. Elle fait la gueule, en même temps qu'elle s'en veut parce qu'il n'y peut rien et c'est toujours à lui qu'elle s'en prend. Elle va se coucher. Tête enfoncée dans l'oreiller, si seulement elle pouvait s'étouffer. Attend que ça se passe. Mal de ventre grimpé jusque la gorge. Grosse boule d'angoisse et de colère, la rage de l'impuissance. Il vient la rejoindre, de bonne humeur, obstinément. Jusqu'à l'agacer prodigieusement. Il dit :

— Je suis sûr qu'il reste de quoi acheter des pâtes.

Sur le bureau, il renverse un pot en plastique, tas de ferraille jaune. Il se met à faire des petits tas réguliers, chacun cinq pièces de vingt centimes. Il s'obstine à sourire, prendre sur lui, faire comme si tout cela n'était pas bien grave, rien qui fasse mal. Juste une petite expérience marrante. D'où il la sort sa bonne humeur imperturbable ? Pourquoi elle a pas ça, ce courage et ce genre de dignité de cinglé ?

Ça lui fait mal à elle, un mal insupportable. Des semaines qu'elle se rentre l'inquiétude, ne pas trop jouer les trouble-fêtes. Téléphone coupé le mois d'avant. Elle s'emmerde à crever, même plus pouvoir raconter des conneries aux potes. Coupure d'électricité, apparemment inévitable, pour dans la semaine. Encore trouver quelqu'un à qui taper de quoi la régler, et en attendant, bougies et plus de télé. Et le proprio qui leur écrit qu'en recommandés. Comme si c'était juste pour le faire chier, qu'ils accumulent les impayés.

Elle le regarde compter ses tas. Il aura l'air d'un con, à la caisse, à vouloir payer qu'en pièces jaunes. Joli garçon les yeux rigolent toujours et les premières rides lui vont bien. Et ses mains vraiment chaudes, qu'il sait poser sur elle.

Elle se relève brusquement, vient s'asseoir sur le bureau. Il a fait huit tas de un franc, il sourit :
— Huit boules, sérieux, est-ce qu'on est pas les rois du pétrole ? Pâtes et gruyère. Je vais mettre la pression au rebeu pour qu'il nous mette un chrome, comme ça j'achète des œufs.
Doucement, avec le plat de la main, elle fout en l'air ses petits tas de pièces, les étale consciencieusement, en lui expliquant :
— J'aime bien l'insouciance, la légèreté, ce genre de conneries. Vraiment, je trouve ça trop drôle, cinq minutes. T'as pas peur de ce qui se passe parce que t'y comprends rien et parce que ça t'est jamais arrivé. Et maintenant tu me fatigues. Moi, je suis pas une putain de clocharde.

Il rechigne toujours au conflit. Elle aime bien ça, chez lui. Vu le caractère qu'elle se trimbale, elle a pas besoin de quelqu'un qui aime qu'on se chope par le colback. Mais aujourd'hui, elle n'a plus envie de le trouver joli garçon, plus envie de venir contre lui et d'oublier tout qu'est-ce qui se passe.
Le plus méchamment qu'elle peut, elle dit :
— Ce que je veux que tu comprennes, c'est que je resterai pas une semaine de plus sans argent. C'est qu'il est hors de question qu'on nous coupe l'électricité. Il est hors de question qu'on reste sans téléphone. Il est hors

de question qu'on fasse des détours incroyables parce qu'on a crédit chez des commerçants qu'on peut pas rembourser. Il est hors de question que je prenne douze kilos sous prétexte qu'on peut manger que des pâtes. Il est même hors de question que je porte ces putains de baskets trouées qui font un putain de bruit d'enfer à chaque pas, ces putains de baskets couinent et elles puent et je veux m'en racheter. Tu m'entends ? ACHE-TER. Tu entends ? Est-ce que tu comprends ce que ça veut dire ? Je veux rentrer dans des putains de magasins et me payer des trucs. Je veux des pompes cleans et silencieuses. Je veux des pompes neuves et aussi, je veux bouffer de la viande, et je veux du café pour le matin. Et je veux ACHETER un tas de trucs. Tu comprends ?

Et parce qu'elle a subitement envie de se taire, de le prendre par la main et l'emmener au lit, parce qu'elle lit trop clairement sur son visage qu'elle lui fait de la peine et du mal, elle se met à hurler :

— Ce que je veux que tu comprennes, c'est que cette thune, je vais la faire et je crois pas que tu aies les moyens de me dire ce que tu me permets ou non. On est bien d'accord ?

Il la regarde sans rien dire. Ses yeux ne rigolent plus du tout. Il ne la méprise pas, mais ne trouve rien à répondre. Elle voudrait bien pleurer. Effacer ce qu'elle vient de dire, s'excuser. Mais ça fait des semaines qu'elle y pense et cherche d'autres solutions, sauf qu'elle en trouve aucune.

Elle se serre contre lui en collant sa tête dans son cou, y a nulle part où elle est mieux que là. Elle caresse sa tête en expliquant :

— On a trois loyers de retard, et toi tu penses à autre chose. C'est pas une putain de blague. Je veux pas aller où on va.

Elle s'en veut tellement de lui dire ça, avec tout ce que ça sous-entend, qu'elle sent qu'elle s'énerve à nouveau. Elle voudrait ajouter, mauvaise : « Pis si tu veux une femme qu'à toi, t'as qu'à avoir les moyens de te la payer. » Mais elle tient sa grande gueule fermée, et toute sa colère pour elle-même.

Lui ne dit plus rien, et lui rend ses caresses. Il a l'air complètement largué ; et finalement de bien se rendre compte, d'à quel point ils sont dans la merde.

Elle sent dans ses paumes qu'il balade tout le long de son dos, une putain de tristesse, lui aussi, et d'être aussi désemparé.

Alors elle murmure :

— Je le pensais pas, ne t'inquiète pas, je ne pensais pas qu'est-ce que j'ai dit. Je ne vais rien faire, je te promets, rien faire du tout. On va se débrouiller, il faut beaucoup réfléchir, on va se débrouiller autrement.

Elle n'en pense pas un traître mot.

Il descend avec son petit sac plein de pièces jaunes, acheter des pâtes et du gruyère.

Elle s'est assise sur le lit. Regarde autour d'elle. Cette putain de piaule trop dégueulasse. Ses jambes pleines de poils noirs comme grouillantes de cafards et son ventre un peu flasque parce que le seul exercice qu'elle avait ces temps c'était sortir du lit pour aller à la fenêtre.

Ils s'étaient rencontrés six mois auparavant. Dans une de ces putains de soirées stupides et ils ne s'étaient pas parlé jusqu'au retour, qu'ils avaient fait dans le même taxi. Il était désespéré, et ivre mort. Elle le trouvait gravement beau gosse. Il détestait la vie qui n'en valait pas la peine et elle lui remontait distraitement le moral. Arrivés en bas de chez lui il lui avait demandé, sans aucune amabilité : « Pour que ce soit pas une journée complètement pourrie, tu veux pas monter chez moi pour qu'on dorme ensemble ? » Ainsi formulée, la question l'avait fait rire. Elle avait l'habitude de garçons qui passent des heures à parler de choses et d'autres avant de proposer une simple promenade. Elle avait l'habitude de messieurs qui la payaient une fortune pour quelques heures. Elle avait l'habitude d'autre chose que de gamins perdus, directs et pas amoureux. Elle le trouvait trop mignon, s'était senti l'âme mère Noël, et pas mal envie de lui, aussi. Elle était rentrée avec lui.

Ils n'avaient pas passé une nuit l'un sans l'autre depuis.

Ni même une journée, à vrai dire.

Dans la semaine qui suivait leur rencontre elle avait appris qu'il venait juste de divorcer, d'une femme excessivement riche. Il avait appris qu'elle faisait des massages à domicile, massages qui se spécialisaient invariablement, moyennant pourboire conséquent.

Il avait trouvé normal qu'elle arrête ça tout de suite. Parce qu'on ne partage pas le corps de sa femme.

Elle s'était surprise à trouver soulageant d'arrêter, et d'un coup s'était permis de penser bien des choses de ce travail.

Le temps avait passé vraiment vite. Ses économies à elle, fondues vraiment vite. Ses assédics à lui, arrêtées vraiment vite. Et à ce rythme, les choses allaient continuer à aller vraiment vite s'ils ne réagissaient pas. Et même pas l'âge pour RMI.

Elle se rongeait les sangs. Du mal à s'endormir, irritable le reste du temps. Mal à l'aise, mal dans sa peau. Mal dans la rue.

Elle avait passé assez de temps dehors, chez les uns chez les autres. Elle avait mis plus de vingt ans à comprendre que vendre son cul c'était ce qu'elle avait de mieux à faire.

Et lui débarquait et lui expliquait le contraire. S'étonnait avec un peu de mépris « mais t'as aucune dignité » quand elle parlait de recommencer.

Assise devant la télé, en l'entendant qui rentre, entre ses dents elle maugrée :

— Tu vas voir ta putain de dignité quand tu feras la manche à la sortie du métro, où tu vas pouvoir te la carrer !

Il est revenu de l'épicier. Un sac plein de provisions. Il a dit :

— J'ai fait gros crédit, j'ai dit qu'on payait à la fin de la semaine. J'avais oublié, j'ai prêté des CD à Nico, j'irai les récupérer et les vendre.

Comme si c'était une franchement bonne nouvelle, du genre à tout changer. Deux cents balles de CD. Elle a lâché, venimeuse :

— Là, je me sens complètement sécurisée.

Et encore la honte d'elle parce qu'elle ne lui parle que méchamment, sur un sale ton. Tout le temps et quoi qu'il dise.

Il met de l'eau à chauffer, demande :

— Sérieusement, tu crois vraiment que des types vont payer juste pour que tu leur mettes une fessée ? Tu crois ça ?

— Je suis sûre de ça.

— Mais t'as jamais fait ça.

— J'ai jamais fait ça mais je suis sûre que d'autres le font.

— Et comment tu le sais ?

— Mais putain parce qu'à part toi tout le monde le sait. C'est des dominatrices professionnelles, elles se font pas besogner, les types viennent les voir pour se faire insulter ou se faire cogner. Au pire elles se font lécher le cul et...

— Je veux pas que tu te fasses lécher le cul.

— Mais je laisserai personne faire ça. C'est ça qu'est cool avec ce job : je suis obligée de rien.

Il ne veut pas que. On a des volontés que quand on a des francs pour payer. Où c'est qu'il croyait vivre, en plein Ile aux enfants ? Bouffon, c'est plutôt massacre à la tronçonneuse, le genre de scénario qu'ils traversent.

Elle s'est rétractée :

— Laisse tomber, je disais ça comme ça, à cause de la pression... On pourrait peut-être essayer de vendre d'autres trucs...

— Ouais, moi, déjà, je vais vendre ma guitare.

— T'es pas bien ?

— Si si, j'ai bien réfléchi, je vais vendre ma guitare et quand ça ira mieux j'en rachèterai une autre.

Combien d'heures par jour il passe sur cette foutue guitare. Branchée sur la chaîne parce qu'il a déjà vendu son ampli.

Et elle est désolée, parce que c'est à cause d'elle qu'il se plaint tout le temps, qu'elle flippe de pas de franc, qu'il parle de même vendre sa guitare.

Elle sent les larmes qui piquent les yeux, elle en a marre d'être aussi chiante, et aussi mal tout le temps. Elle essaie un peu de prendre sur elle :

— Lâche l'affaire, je vais aller voir Fab, je vais lui demander qu'elle nous dépanne.

— Mais t'avais dit...

— Je vais insister. T'inquiète.

Chez Fab, elle se sert de son Minitel, un petit quart d'heure, promet qu'elle remboursera le lendemain. Elle note les numéros de téléphone des mecs intéressés, au dos d'un prospectus. Elle se fait déconnecter du serveur très vite parce que le surveillant a capté qu'elle était chelou, cette meuf vicieuse et trop disponible.

Fab trouve tout cela très excitant et plutôt drôle. Elle a juré d'en parler à personne. Son enthousiasme est contagieux, ça rend le truc légèrement moins glauque. Elles rigolent comme des nouilles en boum, avant qu'elle aille s'enfermer dans la chambre pour téléphoner tranquille.

Le premier de la liste a une drôle de voix. Anxieuse, presque adipeuse. Il raconte tout de go sa vie :

— J'ai été soumis très longtemps à une femme très dure. Je suis entièrement épilé et j'ai de nombreux costumes, j'adore me travestir en femme. Je suis très obéissant, j'ai pratiqué le travail des seins, les pinces, j'aime me faire engoder.

Elle l'écoute décliner son CV un moment, puis l'interrompt :

— On discutera de tout ça de visu. Tu peux recevoir ?

— Je ne reçois pas les professionnelles.

Elle lui raccroche au nez. C'est complètement con, comme réponse.

Le deuxième numéro sonne occupé. Le type s'est sans doute dit qu'elle n'appellerait pas, il est retourné sur Minitel.

Le troisième numéro, c'est un type avec un accent du Sud. Il y a du bruit de machines derrière lui, il est sans doute au travail.

Elle lui donne rendez-vous dans un bar juste en bas de chez lui.

Dans la pièce d'à côté, Fab lui demande comment ça s'est passé. Elle élabore quelques théories sur les hommes et leur quéquette. Réussit à la faire rire. Puis lui donne des conseils sur quoi porter, elle lui prête des bottes incroyables, noires brillantes à lacets et qui montent jusqu'au genou. La félicite pour son allure.

Elle passe à la salle de bains se maquiller. Pense à lui. Ils ont pris un bain ensemble, ce matin. Il a fait semblant de pas tilter qu'elle se rasait les jambes entièrement, jusqu'au sexe qu'elle a soigneusement délimité. Il a fait semblant de pas faire de rapprochement.

Il jouait de la guitare quand elle est ressortie de la chambre, mieux habillée que d'habitude. Elle a vu dans ses yeux qu'il aimait bien la voir comme ça et qu'il avait regretté qu'elle ne soit plus comme ça depuis qu'ils étaient ensemble.

Depuis qu'ils étaient ensemble elle n'avait plus besoin de porter des talons et du fond de teint. Elle a compris pour la première fois que ça lui aurait plu. Elle a trouvé ça triste parce que c'était un truc de pute, pas un truc de fille qui veut du bien aux garçons. Et encore moins un truc de fille qui va bien.

Elle l'a embrassé trop longtemps, avant de partir « taper des thunes à sa copine ». Elle l'aimait comme une dingue, de bien vouloir faire juste semblant, de rien comprendre de pas se douter, de pas rentrer en discussion.

Dans la rue, en sortant de chez Fab, il faisait chaud et elle a reconnu les regards des gens sur elle habillée comme ça. Sans aucun plaisir.

Au rencard, devant le bar, il y a un type courtaud en costume qui la regarde entrer et elle a compris que c'était lui. Il la rejoint au bar. Il a pile l'attitude qu'il fallait pour que tout le monde sache ce qu'ils viennent faire là.
Elle s'assoit à une table, avec ce type en costume vert. Il a de jolis yeux bleus, il ressemble à un joli cochon. Il a l'air tout émoustillé. Comme la plupart des vrais dérangés de la libido il a l'air d'un monsieur extrêmement respectable. Il commence par lui raconter ses affaires avec une Allemande qui l'a initié, maintenant, il veut une vraie histoire, une vraie maîtresse s'occupant de lui. Un truc à long terme, c'est pour ça, il voudrait qu'elle lui fasse un prix. Ils marchandent âprement, puis finissent par tomber d'accord. Le type a l'air déçu qu'elle s'intéresse autant à sa thune.

Sous la table, il lui montre un bracelet en cuir avec un anneau. Lui explique qu'on passe la verge dans l'anneau et les couilles dans le bracelet. Il a acheté ça avec sa maîtresse allemande. Elle lui dit que franchement, c'est joli, très très excitant, oh la la, quand elle l'imagine avec ça, il lui vient tout un tas d'idées. Oh la la, qu'est-ce qu'elle s'excite, et si maintenant ils y allaient ?
— Et vous, quel genre de domination pratiquez-vous ?
Il a envie de parler ou bien ?
Elle l'a suivi chez lui, en essayant de trouver ça drôle, mais se sentant surtout éteinte. Ereintée. Et un petit peu larguée, qu'est-ce qu'elle allait bien pouvoir lui faire faire ?

Chez lui, il tend l'argent. Elle lui dit de se déshabiller,

il a un petit bidon tout rond, la peau déjà un peu distendue.

Son salon est très douillet. A cause des fenêtres
impeccables et des boiseries rutilantes elle se dit qu'il y
a une femme de ménage qui vient souvent. Un salon de
notable. A elle seule, cette pièce est plus vaste que son
appartement à elle, son appartement entier. Et c'est pas
le même quartier. Ni le même mobilier. C'est pas les
mêmes mondes, y a bien qu'en cul qu'ils avaient des
chances de se rencontrer.

Il lui montre toutes les choses qu'il a. Martinet, godes,
pinces, cagoule, aiguilles. Il exulte comme un môme
content de montrer ses jouets. Il dit qu'il la trouve belle.
Et qu'il espère qu'il sera un bon esclave. Qu'il ne faut
pas qu'elle hésite à le punir. Elle l'interrompt :
— Eh bien, tu vas commencer par être moins bavard.
Tu ne parles que si je t'y autorise, compris ?
— Oui, maîtresse, compris.
— Bon, et maintenant, mets-toi à quatre pattes, que
je vois quel bon clébard tu fais.

Pas envie d'être là. Elle se tient droite et sourire
méprisant, parce que c'est l'idée qu'elle se fait de son
rôle. Elle le trouve grotesque, crétin, et complètement à
l'ouest. Elle se trouve grotesque, pas inspirée. A part
qu'elle a vraiment de belles bottes, sinon, tout le reste
est à chier.

Avec une corde et sans mot dire elle lui a attaché les
mains dans le dos, les coudes l'un contre l'autre. Il
disait :
— Ne soyez pas si brusque, maîtresse, je n'aime pas
ça.
Parce qu'il avait envie qu'elle le gronde, et qu'elle soit
brusque quand même. Elle voulait faire un effort, jouer
avec lui et qu'il soit satisfait. Puisqu'il avait payé pour
ça.
Elle lui a dit de se mettre à genoux, parce que c'est
tout ce qui lui venait à l'esprit. Elle manquait d'imagina-

tion. Comme si son cerveau se bloquait sur d'autres pensées, entêtantes et parasites.

A poil et à genoux il a rampé jusque ses pieds et s'est mis à lui sucer le bout des pompes, à lui laper le bout des pompes avec gourmandise.

Elle le regardait faire. Ce bonhomme si respectable, la putain d'élite. Le reste du temps, le genre de type qui rigole pas. Et au travail, avec ses subordonnées, comment il devait se comporter. Et si elle l'avait croisé dans la rue et demandé une clope, est-ce qu'il la lui aurait donnée. Et quand elle repartirait, après qu'il se serait assouvi, défoulé, il se rhabillerait et alors quel genre d'homme redeviendrait-il.

Il s'était couché sur le dos, elle lui donnait son talon à sucer. Il se tortillait comme un gros ver. Il était en érection. Une toute petite bite rose, on aurait dit une bite de caniche. Elle laissait faire, parce que ça lui laissait du temps. Et cherchait avec affolement quelque chose à initier ensuite. Mais rien ne venait, seulement d'autres pensées.

Elle pensait à son amant à elle, à qui elle ne dirait rien. Elle pensait à toutes ces semaines qu'ils venaient de passer ensemble et comme l'argent les obsédait. Mille francs, pour se faire lécher les pompes. Elle pensait à son amant à elle, comme c'était humiliant pour lui. Comme c'était humiliant pour elle. Comme c'était humiliant d'être pauvre. Et il y avait dans cette ville plein de trépanés de ce genre, pour qui mille francs relevaient de l'anecdote. Et ils ne les donnaient pas. Sauf si on se laissait lécher les pompes, sauf si on voulait bien rentrer dans leur jeu. Dans leurs sales jeux, leurs jeux grotesques d'hommes de pouvoir qui ne bandent que s'ils se livrent à des pitreries.

Il suppliait : « Maîtresse, assieds-toi sur moi s'il te plaît ! »

Coups de pompe dans les dents.

Quelque chose de pété dans la mâchoire, un drôle de bruit, et du sang tout de suite.

Elle s'est reculée avec horreur, parce que ce n'est pas ce qu'elle voulait faire.

A pensé à le détacher s'excuser et partir. Le laisser se soigner, elle avait dû lui péter une dent. Elle a pensé qu'il réclamerait son argent. Son argent.

Le martinet sur la table. Quelle sale plaisanterie. La peur s'est retirée d'elle, colère froide enclenchée. Il bavait du sang en maugréant :

— Mais détache-moi, tu vois bien que tu m'as blessé, j'avais dit « rien de visible » !

Elle a dit :

— Mais je te trouve plus soumis du tout, toi...

Attrapé sa tête par les cheveux et elle l'a bâillonné. Dans ses yeux elle lisait de l'incrédulité, il bandait encore avec son zizi formidablement petit. Mais il n'était plus sûr que ça soit adéquat.

— Mon esclave... Alors comme ça, ça t'excite de faire l'esclave ? Par séance d'une heure hebdomadaire, t'as l'air de trouver ça bien... Moi je suis esclave à plein temps, pas que ça m'excite, je me souviens pas qu'on m'ait demandé mon avis. Je vais pas te détacher, je vais te laisser comme ça. Mais je vais laisser la porte d'entrée grande ouverte, pour qu'on te trouve quand même. Je sais pas qui c'est qui te trouvera, tu verras... Tu trouves pas ça délicieusement pervers ?

Il gigotait comme un diable, avant de partir elle s'est servie dans les CD, pour les revendre plus tard.

Elle rentre chez elle, elle a fait un peu des courses, du poulet et du vin, des clopes blondes et du choc.

A son copain elle dit que Fab a été trop cool, et elle ment tellement bien, en lui souriant tellement, qu'il finit par vraiment la croire. Et lui aussi, il est content, vraiment heureux de la voir comme ça.

Son fiancé à elle, le plus beau garçon du monde, et qui sait la toucher, comment ses mains sont chaudes, et qui sait la regarder, et la trouve vraiment belle. Toute heureuse contre lui, une petite revanche de prise, un peu d'air de récupéré. Au moins une soirée, profiter.

1994

Sale grosse truie

Et certains soirs,
quand il rentrait,
elle savait bien d'où il venait.

Il lui arrivait même de savoir avec qui il était, car il lui arrivait de le suivre. Soigneusement dissimulée, sans jamais le déranger, elle espionnait son mari, le suivait dans la rue, le regardait de loin, désirer d'autres femmes, les chercher de la main sous n'importe quel prétexte...

Elle l'avait vu en tête à tête au restaurant avec une blonde immense habillée avec goût et au joli sourire. Elle l'avait vu dans la rue, tenant par la taille une gamine qui dévorait les gens des yeux avec amusement et entrain. Elle l'avait vu accompagner une brune un peu ronde à poitrine énorme dans un magasin de lingerie fine. Elle l'avait vu avec cette femme mûre et rousse qui voulait faire un tour de manège, cette femme à l'air espiègle et qui riait à gorge déployée. Elle l'avait vu sourire à toutes ces femmes, les désirer avec fougue. Elle l'avait imaginé avec chacune d'entre elles, éjaculer dans leurs entrailles et les serrer contre son corps. Et elles étaient si désirables, inexorablement femmes, bâties pour être aimées, léchées et vénérées. Ces femmes magnifiques, elle pouvait bien comprendre, qu'il ait tant envie d'elles. Elle pouvait bien comprendre, qu'il ait besoin de plaire. Ce mari drôle et beau, et tellement séduisant.

Et elle n'avait jamais rien dit. Etouffé toute colère, gardé les mots en elle.

Dans la rue quand elle était avec lui, elle voyait leurs reflets dans les vitrines des magasins. Et elle était si laide. Son corps épais informe. Elle s'habillait si mal. Quoi qu'elle mette, les vêtements ne ressemblaient plus à rien sur elle. Elle se maquillait mal. Quoi qu'elle essaie, sa peau grasse et brillante, pleine de difformités. Ses cheveux tombaient mal, des tifs gras dégueulasses. Ses hanches épaisses et ses bras flasques. Un gros sac tout luisant. Et elle se tenait mal, on ne voyait que son ventre. Et puis elle bougeait mal, gestes brusques et si gauches.

Dans la rue quand elle était avec lui, elle regardait leurs reflets dans les vitrines, et elle pensait qu'il avait certainement honte d'elle. Cette grosse femme pataude. Rien qu'à la voir les gens devaient penser qu'elle puait. Et elle puait, de la bouche, des pieds, du cul. Elle avait des odeurs de partout. Elle dépassait de partout, rien n'allait.

Elle allait le moins souvent possible dehors avec lui, parce qu'elle ne voulait pas lui faire honte. Parce qu'elle avait honte d'elle, elle aimait sa maison exempte de tout regard, où elle n'était jamais confrontée à celui des autres. Où elle ne suscitait jamais le dégoût des autres. Elle restait chez elle des semaines entières, se protégeait du monde dans son salon douillet.

Quand il l'avait épousée, elle ne s'était pas posé de questions. Elle s'était engouffrée avec tempérament et faim de lui dans cette énorme histoire et il avait toujours envie d'elle. Elle se donnait sans retenue. La tête enfoncée dans l'oreiller, à chaque fois, l'accueillait avec joie. Lui, dedans elle, la possédait tout entière et elle se répandait en hurlements. Ce qu'elle avait aimé ça avec lui.

Et l'espace d'un été, elle s'était trouvée belle, à cause de ses grands yeux, si clairs et contentés.

Et puis un premier soir, il n'était pas rentré. Et elle n'avait rien dit.

Quelqu'un lui fit comprendre, une amie bien attentionnée, ce qui se passait vraiment avec cette serveuse qui travaillait au restaurant où il mangeait à midi.

Elle était allée voir. Simple curiosité. Et elle avait compris. S'était souvenue brusquement, combien elle était laide. Rien qu'à voir l'autre. Simple comparaison et elle s'était souvenue, combien elle était laide. A partir de ce jour, chaque fois qu'il la touchait, elle pensait à cette femme et elle avait honte d'elle. Jusque la nausée. D'obliger son mari à toucher son gros corps, sa main s'enfonçant dans ce ventre incroyable. D'obliger son mari à caresser son cul, et ses jambes répugnantes. Obligé de la voir, son corps flasque et informe. Elle ne supportait plus qu'il pose la main sur elle, le désir condamné. Trop bouffé par la honte, à peine il la touchait. Boule de plomb dans sa gorge, elle voulait disparaître.

Elle n'avait plus envie de manger en face de lui, parce qu'elle mangeait mal et trop, elle bâfrait comme une vache. Une grosse truie qu'elle était. Quand elle était assise, elle sentait sa sale panse, pleine de plis dégueulasses.

Le mari avait posé quelques questions, s'était agacé de ce qu'elle ne veuille rien répondre. Avait été gentil une saison, avait essayé de la persuader de se laisser faire, essayé de comprendre. Mais il ne pouvait pas savoir, ce que c'est qu'être laide. A force, il avait laissé tomber, il allait voir ailleurs.

Et elle, elle allait le voir voir ailleurs. Ces créatures superbes auxquelles il pouvait plaire.

Et plus le temps passait plus son corps à elle devenait glauque, laid sous toutes les coutures, où qu'elle pose l'œil quelque chose de monstrueux. De vomitif, d'insupportable.

Cet été-là, ils étaient partis ensemble à Fréjus, dans l'appartement d'une tante à elle.

Elle n'aimait pas l'été parce que les habits couvrent moins. Et qu'on lui voyait ses gros bras, tremblotant de graisse, et sa poitrine immonde moulée sous les T-shirts. Elle n'allait pas à la plage, parce qu'assise en maillot son ventre débordait, tout le monde la regardait.

Elle l'attendait plus loin.

Ce soir-là, ils étaient attablés dans un restaurant où ils attendaient un couple d'amis. Et la serveuse s'était mise à tourner autour d'eux. La femme pensait : « C'est quand même amusant, ce succès qu'il a avec les serveuses », parce qu'elle l'avait vu très souvent avec des serveuses. La fille portait une jupe verte avec des jambes immenses délicieusement bronzées, on voyait son nombril et puis son ventre plat. Délicieusement plat. Et puis ses seins timides, portés sans soutien-gorge, pointaient sous le tissu. Il ne pouvait s'empêcher d'y jeter de brefs coups d'œil, des regards d'appétit. Et la fille lui souriait, venait voir à leur table.

Et l'épouse se sentait effroyablement gênée. Transpirante à cause de ce gros corps. Elle faisait de son mieux pour faire comme si elle ne remarquait rien. Et elle brûlait de honte. Elle ne pouvait pas attraper la serveuse par le bras et lui dire : « Tiens-toi tranquille et loin de cette table. » Parce qu'elle avait tellement honte d'elle, et l'autre lui aurait ri au nez, aurait dit : « Quand on a un mari pareil, on se surveille un peu, ma grosse. »

Et elle avait raison, elle n'aurait pas dû avoir un mari pareil. Elle n'aurait pas dû être comme elle était, elle aurait dû se surveiller, ne pas dépasser de toutes parts.

Elle ne pouvait plus rien avaler. Elle se sentait des larmes monter, la gorge nouée. Elle aurait voulu disparaître.

La serveuse a collé sa hanche contre lui quand elle est venue servir à boire. Une hanche ronde et coquine. L'épouse souhaitait que la Terre s'ouvre et l'engouffre tout entière avec ses hanches à elle, ses hanches répugnantes.

Peut-être avait-il deviné ce qui se passait dans sa tête, puisqu'il a dit : « Tu n'as pas l'air bien, tu veux qu'on rentre tout de suite après l'apéritif ? » Et il était particulièrement attentionné, un peu gêné par le manège de l'autre qui ne le quittait pas des yeux. Il évitait toujours d'humilier sa femme. Il était tellement délicat, il était tellement prévenant.

L'épouse avait expliqué : « C'est la chaleur, je me sens mal. Je préfère rentrer seule, si ça ne te dérange pas, il faut que je m'allonge. Mange ici ça sera mieux, je vais rentrer chez nous, me reposer ça va passer. »

Il avait un peu insisté, elle lui avait conseillé de rester. « Non non, je t'assure, je préfère rentrer seule, nos amis vont arriver, attends-les donc sans moi. »

Elle ne lui en voulait pas, elle savait que dès qu'elle aurait le dos tourné, la serveuse rappliquerait et qu'ils se tripoteraient sur-le-champ, devant tout le monde. Et tous les gens penseraient : « C'est normal, vous avez vu sa femme ? Quelle horreur... » Quelqu'un ajouterait : « Faut avoir la santé pour en monter une comme ça, moi je pourrais pas, je vois son cul, je débande. »

Elle ne pouvait en vouloir à personne de comment ça se passait. Parce que c'était normal, parce qu'elle était immonde. Elle n'avait pas le droit d'être comme ça.

Chez elle, elle s'était déshabillée. Et pour la première fois depuis des années s'était mise nue devant la glace. Elle ne supportait pas de se voir. Nue devant la glace, elle regardait ce gros corps, cette montagne de graisse. Et elle pensait à la serveuse. Elle comparait leurs corps. Le sien ne ressemblait à rien. Même pas une femme, rien qu'un gros sac. A mi-voix elle se répétait : « Sale grosse truie, putain de sale grosse truie, grosse vache. » Les yeux pleins de larmes parce qu'il s'agissait bien d'elle, mais la voix continuait, insistait, insultait, litanie terrifiante : « Regarde-toi, putain de sale grosse truie, grosse vache, c'est dégueulasse, tu fais vomir. »

Elle s'était assise sur la moquette, nue. Elle avait envie qu'il rentre.

Elle aurait voulu qu'il rentre, qu'il s'inquiète pour elle et rentre plus tôt que prévu, le sentir à côté et pouvoir s'endormir.

Elle l'avait toujours attendu sans s'impatienter, elle n'avait jamais osé se plaindre. Mais ce soir-là, c'était peut-être la chaleur, elle se mit à gémir en répétant doucement : « Reviens, je t'en supplie, reviens maintenant. Je te veux je te veux je te veux. Ne me laisse pas, je t'en supplie, ne me laisse pas. »

A voix haute, nue et vautrée sur la moquette. Inlassablement, elle l'appelait.

Et il n'était pas rentré de la nuit.

Elle ne s'apaisait pas. Rampait sur la moquette qu'elle embrassait comme si c'était lui elle répétait : « Je t'en supplie je t'en supplie reviens, ne me laisse pas. »
Et le jour s'est levé, et elle avait pleuré des heures.

Assise sur le bord du lit, elle tripotait son ventre, l'attrapait par poignées, ce gros ventre dégueulasse. Tout blanc et si difforme.
Tirait dessus avec hargne, fureur blanche, comme pour en arracher les gros plis répugnants.
Avec un gros couteau, elle se mit à taillader son propre ventre. Sang visqueux presque noir sur sa peau blanche et distendue. Eclairs rouges, draps barbouillés. La douleur insupportable la mettait en colère, en fureur et en transe. Ce putain de gros ventre dégueulasse, elle allait le débarrasser du trop-plein. Elle se parlait à voix haute : « Grosse vache, t'as pas honte, tu crois que c'est normal, tu crois quoi, grosse vache, je vais te montrer, moi, je vais te corriger, moi, sale gros tas dégueulasse ! »
Carnage, chair déchiquetée, elle hurlait à gorge déployée. Et plus elle regardait ce ventre tout maculé de sang, ça l'a rendue comme folle et elle se mit à charcuter là-dedans avec une rage jouissive et délivrante. Elle se roulait à terre, comme luttant contre elle-même, se débattait pour échapper à sa propre main qui tailladait

et tailladait encore. Elle pensa aussi qu'elle voulait qu'il rentre, maintenant, qu'il la sauve et qu'il sache, qu'elle voulait lui parler, lui dire tout ce qu'elle savait, ce qu'elle avait en tête.

Un moment, à la toute fin, elle suppliait en délirant : « Reviens-moi, aime-moi, je t'en prie, viens maintenant, ne me laisse pas. »

Mais il n'est rentré que tard dans la matinée.

Publié dans *Le Moule à gaufre*, 1994

Balade

Boulangerie en bas de chez moi.

La première année que j'ai habité là, je venais chez elle presque tous les jours. Elle habite mon immeuble. Une femme de quarante ans, pas bien belle, pas très aimable non plus, souvent, ça va ensemble. Elle est un peu moisie. Probable qu'elle a la chatte qui pue. Je sais pas pourquoi je pense ça, c'est ce qu'on pense quand on voit ses sales yeux.

Il y a deux mois, je suis entrée dans sa boutique. Je l'ai bien regardée, elle, ce jour-là, parce que je savais ce que je venais faire et comment ça faisait honte et je me suis forcée à bien la regarder pour que ça soye un peu propre quand même.

— Bonjour. J'ai... J'ai complètement oublié de retirer du liquide aujourd'hui, est-ce que vous pourriez euh... Est-ce que je pourrais vous prendre une baguette et je passerai demain vous la régler ?

Parce qu'il restait du beurre dans le Frigidaire, pour faire de grandes tartines, avec un bol de thé. A comparer à rien du tout ça me semblait être un bon programme.

La boulangère est restée très souriante, très aimable, elle a répondu :

— Désolée, nous ne faisons pas crédit.

En désignant une pancarte derrière elle, où un petit bonhomme partait avec un baluchon sur le dos et en jolies lettres rouges il était inscrit au-dessus de lui : « La maison ne fait pas crédit. »

Je suis restée un court moment, face à elle. En fait, je ne m'y attendais pas. Ça m'avait arraché la gueule de rentrer et lui sourire en grand, parce que personne aime mendier, personne aime demander à quelqu'un qu'il aime pas spécialement de quoi le dépanner pour manger le soir. Mais une fois que je l'avais fait, en faisant gaffe que sa boutique soit bien vide, en faisant gaffe à le demander gentiment, je croyais pas qu'elle m'enverrait chier. Parce que j'étais venue plus de trois cents fois, en payant. Et qu'au pire, c'est pas crédit que je lui demandais, c'est cadeau d'une baguette, c'est-à-dire pas franchement le bout du monde. Alors j'ai insisté, parce que j'avais du mal à le croire, et que peut-être elle avait mal compris. Au fond, je savais bien qu'elle avait compris. Je lui donnais genre une deuxième chance. J'imaginais quand même qu'elle oserait pas le dire cash. J'ai arrêté de sourire.

— J'ai vraiment plus un rond. Jusque la semaine prochaine, même pas de quoi me payer une baguette.

— Désolée.

Sans la moindre parcelle de honte, elle me regardait droit, elle était embêtée pour moi, elle a même haussé les épaules.

— Je peux pas aider tout le quartier, vous savez, c'est dur pour tout le monde.

Pour moi-même, épatée par tant d'indécence crasse et paisible, en secouant la tête de gauche à droite, j'ai insisté :

— On peut pas avoir tout ce pain derrière soi et pas vouloir donner, rien vouloir donner, on peut pas.

Mais bien sûr qu'on pouvait. C'était même le principe de base.

Depuis, je crache sur sa vitrine, des fois, en passant, et en regrettant de pas être un keum, pour la sortir et pisser contre.

Le pire, c'est qu'en sortant de chez elle, c'est moi qui avais honte, qui me sentais gênée d'être en trop, et d'avoir droit à rien, mais d'être là quand même. Et d'oser demander, de venir tendre ma main.

La poste est bondée, je prends ma place dans la queue. Devant moi un type s'énerve :

— Comment ça, je dois le faire tout seul ? J'ai deux cents lettres à envoyer et vous ne pouvez pas me les affranchir, il faut que je colle moi-même deux cents timbres ? Mais vous avez vraiment de la chance d'être fonctionnaire vous, vraiment de la chance. Et sincèrement, j'espère que vous ne l'aurez plus longtemps.

Tu parles qu'elle a de la chance, la meuf derrière le guichet. Vu les pompes que lui il porte et son pardessus impeccable, vu son gros aplomb de mec habitué à être putain de bien traité, tu parles qu'elle a de la chance. Moi, je voudrais bien le voir à sa place, il ferait moins le malin à la poste.

Je me rends compte trop tard que je ne suis pas dans la bonne file. La guichetière blonde, je la connais, c'est une pute qui sourit jamais, alors que juste à côté il y a son collègue à boucle d'oreille qui fait toujours une blague, un clin d'œil et ça me plaît. Sinon, comme d'hab, je suis dans la file qui n'avance pas.

Arrivée au guichet je tends mes papiers, ma carte de CCP, demande :

— Je voudrais savoir combien il y a sur mon compte.

Elle enchaîne les gestes, remplit le formulaire, le rentre dans l'imprimante sans avoir besoin de regarder ce qu'elle fait.

Rien qu'à la gueule qu'elle tire, rien qu'à comment elle évite de me regarder, je sais qu'il y a un franc vingt-cinq sur mon compte. Le RMI est pas tombé, elle s'est fait insulter toute la journée par des comme moi que ça fait trois jours qu'ils viennent parce que d'habitude il est déjà versé à cette date. Elle me tend un papier, en faisant attention à le rendre retourné, je regarde, je me casse sans dire au revoir, cette putain de guichetière elle me répond jamais.

Chape de plomb, toute cette journée qui reste et pas un franc en poche alors pas de clope pas de kebab pas de coca, rien du tout. Rien du tout, putain, je croyais que j'allais me payer le ciné.

J'ai envie de disparaître. Dormir. Ne pas être là. Ne pas vivre ça. Combien de fois ça fait ça, dans cette même putain de poste, cette envie formidable de me diluer, disparaître, que ça continue sans moi puisque ça ne veut pas de moi. Et chaque fois j'ai beau essayer, le prendre avec distance, j'y arrive plus, de moins en moins. Je le prends très personnellement, et ça me fait peur à en crever. Parce qu'il n'y a aucune raison pour que ça change. Et les murs les plafonds, on dirait vraiment qu'ils se rapprochent, pour me broyer et que je respire plus.

J'ai pas envie de rentrer chez moi, je fais un détour pour me balader, devant le KFC il y a toujours le même type, il est à genoux la main tendue avec une pancarte autour du cou « j'ai faim ». Ça me fait super honte pour lui. Devenir implorant, à ce point-là. Peut-être qu'il s'en contre-tape, au fond, qu'il a planqué sa dignité ailleurs et qu'est-ce qu'on pense sur lui, il en a rien à carrer. Quand même, à genoux...

Parfumerie classe rue des Gobelins, je regarde la vitrine juste pour pas le croire, qu'il y a des crèmes pour les vieilles un seul pot c'est mon RMI. A l'intérieur, une femme en rose toute pourrie choisit son parfum, discute avec la vendeuse.

Sûrement qu'elle mérite rien, qu'elle a jamais rien fait de bien pour personne, n'empêche qu'elle a une carte bleue et des sourires dans les magasins. N'empêche, qu'elle, elle a le droit d'être là. Sûrement que les soirs, avec ses potes, elle dîne dans des super restaus et qu'ils discutent de trucs trop intéressants. Ils doivent se dire « Ah la la, ma chère, l'argent ne fait pas le bonheur, si vous saviez, tous mes soucis... » Mais toi t'existes, et puis moi pas. Peut-être même que tu te payes un psychiatre réputé compétent, pour essayer de te mettre en ordre, peut-être que tu te payes des sports la classe et des massages pour te détendre. Et quand t'as ton coup de blues, tu sors claquer des francs dans des parfumeries trop la classe. Moi, j'ai pas de marge pour essayer. Y a aucun geste que je peux permettre. J'ai les moyens de strictement rien. Vachement de mal à être magnanime.

Je descends l'avenue, chaque bouffée d'air me coûte un peu, terrasse d'un café je repère un couple que je connais, je les rejoins.

Ça me fait une distraction, vaguement du bien, devoir se forcer un peu, discuter et se tenir et puis penser à d'autres choses. Je me suis assise à côté de lui. Il fait beau, il me donne des nouvelles d'autres gens qu'on a en commun.

Le serveur arrive, en noir et blanc, rigide et moustachu, me demande ce que je veux boire, je souris en faisant signe de la main, je reste bien aimable, très dégagée :

— Je ne veux rien, merci, je reste juste quelques secondes.

Mais il ne s'éloigne pas, ça doit se voir sur ma gueule ou s'entendre à mon ton que c'est des conneries et que j'ai pas de thune :

— Ah non mademoiselle, c'est pas possible, il faut laisser la place alors, vous voyez bien qu'il y a du monde, c'est pas un banc public.

J'ai un blanc. Le mieux, ça serait de lui cracher à la gueule. J'ai pas envie de bouger tout de suite, je voudrais rester là cinq minutes, discuter un peu. Je fais oui de la tête, oui oui j'y vais, et j'attends qu'il lâche l'affaire. Il ne s'éloigne pas, il attend.

La fille et le garçon ont détourné les yeux, ils ont l'air horriblement gênés de ce que je ne veuille rien boire. Ils s'imaginent peut-être que j'ai de quoi, mais que je tape le scandale pour la forme, me donner un genre excentrique. En tout cas, aucun des deux ne propose de m'inviter. Ils travaillent tous les deux, c'est dix balles un café.

Je me lève, faire comme si j'en avais rien à foutre,

signe de tête aux deux autres à la table, sourire quand même, faire comme si ça ne me faisait rien du tout, m'éloigner. La première rue qui tourne, la prendre.

Et tout ce qui me vient en tête me fait mal. Humiliation, comme un brouillard autour, comme des parois glissantes. Fureur retournée contre moi. Je voudrais changer de peau. Je voudrais m'en foutre. Y a pas moyen.

J'ai envie de fumer et alors je surveille les gens que je croise, est-ce qu'ils ont une clope à la main, mais chaque fois je renonce à les aborder. La nuit qui vient doucement, enfin aller dormir. Mais je continue de marcher.

Une voiture ralentit à mon niveau :

— Mademoiselle ?

Je prétends que j'ai pas entendu, je tourne pas la tête. Laisse-moi tranquille. Si je dis un mot ça me fera pleurer et je trouve ça tellement débile de le prendre comme je le prends, de pas réussir à me dire que c'est pas grave, que j'encule tout le monde, pas réussir à passer outre. Et je veux surtout pas chialer.

— Mademoiselle, je peux vous offrir à boire ?

Je réponds rien au pauvre débile, lui enchaîne, roule au pas juste à côté de moi. Coup d'œil sur le côté, il ressemble à un oncle à moi, un type jovial vraiment gentil. Qui fait que des blagues de super lourd et moi elles me font toujours rire :

— Vous avez l'air tellement harassée...

Je lui parle toujours pas mais il a calculé que je l'avais regardé, et pas vraiment d'un sale œil, il insiste :

— Moi, justement, c'est mon jour de chance... Je suis pas d'ici, je cherche quelqu'un avec qui en profiter... J'ai gagné une brique, aujourd'hui ! Vous montez ? Je vous invite à manger...

Je ralentis, j'hésite, je monte.

Je sais très bien que c'est une initiative à la con, comme à chaque fois qu'on se laisse aller à discuter avec un représentant. Mais j'ai rien d'autre à faire. Et je veux bien manger quelque part, même avec lui.

Je sais pas ce qu'il vend, mais il doit pas être mauvais, parce qu'à peine assise il embraye. En eux-mêmes les propos sont cons, mais c'est la déferlante qui compte, et le dynamisme, ce truc du rythme et il me trimbale.

Il a touché dix mille balles au Black-Jack, il est pour trois jours à Paris où il connaît personne, mes jambes sont formidables, il aime bien mon sourire, où est-ce que je veux aller, il trouve ça vraiment bien, que j'accepte de l'accompagner, parce qu'à Paris les filles font toutes la gueule, on se croirait à l'armée, et lui il vient du Sud, ça s'entend non ?

Je ne pense plus à rien, j'écoute ce qu'il dit en fond, c'est pas souvent que je vais dans Paris en voiture, je regarde par la fenêtre, j'aime bien comment ça défile. Il s'en rend compte, me propose qu'on roule un peu, lui aussi il aime bien voir la ville, il sort une bouteille de whisky, m'en propose, j'y vais franco. Je me laisse aller en arrière dans le siège, sourire, chaleur en claque de l'alcool fort, je suis contente d'être là.

On roule un moment, il descend dans un parking sans que j'aie bien suivi ce qui s'est dit. Je me doute bien d'où on va, il faudrait descendre, remonter à pied. Mais j'en ai un peu rien à foutre, de ce qui se passe, et sa voiture est classe et je suis plutôt bien dedans. Je finis la bouteille. Quand je fais de nouveau attention à lui il m'explique :

— Ça te va comme ça, hein ? Tu me suces, je te file une petite fortune, d'accord ?

Son débit est moins fluide, c'est plus pressé, c'est plus inquiet. Je me dis qu'il faut toujours demander l'argent avant, et puis sa main sur mon épaule, qui m'invite à me pencher, je discute pas.

Pendant que je le suce il répète « je te sens bien » en caressant mes seins sous mon pull. Puis il tire sur mes cheveux. Très vite, il se dégage, je me redresse, il a sorti un kleenex de la boîte à gants et a éjaculé dedans pour ne pas salir la voiture.

Il redémarre, il est très gai. Je demande s'il reste pas du whisky, ça le fait rire aux éclats. Tout ça l'a mis de très bonne humeur. On ressort du parking. Il fait vraiment nuit, et vraiment c'est bien de rouler. Ça serait juste mieux s'il se taisait.

— Ecoute, je t'emmène manger, je veux que ça soit dans un truc vraiment classe... Je connais un endroit, on va se régaler... Et après, je t'emmènerai boire un coup, ça va être une soirée du tonnerre.

Je crois que je pense à rien. C'est assez rare. Et vraiment pas désagréable. Il s'arrête devant un restaurant :

— Tu vas demander s'il y a une table de libre pour deux ? J'ai une faim d'ogre.

Je descends de la caisse, il redémarre aussitôt. Je ne me retourne pas. Je sais que j'aurais dû demander la thune avant, et que c'est bien fait pour moi. Mais je le prends pas tellement mal, maintenant c'est tard et je suis bien raide. Je vais rentrer et dormir, demain le RMI sera sur mon compte. C'était plutôt une sale journée, au moins elle est finie.

Avril 1995

Lâcher l'affaire

Ça se passait dans un bar, pas très loin de la gare.

Il venait juste d'appeler sa femme, il disait : « Tout se passe très bien ici, mais tu me manques tellement. » Elle avait répondu : « N'en fais pas trop quand même » et avait raccroché.

Il s'était demandé comment elle avait pu se douter. Il lui avait dit qu'il partait pour deux jours, qu'il partait pour travail. Alors qu'il allait voir sa maîtresse.

Mais il était descendu une station avant celle où il devait la rejoindre.

Comme s'il s'était avoué, subitement, qu'il n'y tenait pas tant que ça, qu'elle ne l'excitait pas tant que ça. Comme subitement lassé de toujours devoir en rajouter, prétendre qu'il y avait une attente, qu'il restait du désir... mais il ne restait rien. Brusquement, dans ce train, il l'avait compris, mesuré, et admis.

Il s'en foutait de sa femme, qui lui raccrochait au nez, et sa femme s'en foutait, de ses mensonges à la con, longtemps qu'elle s'y était faite. Longtemps qu'il ne la tourmentait plus. Il s'en foutait de cette autre femme, juste une façon de se compliquer la vie, chercher la maladie et justifier l'angoisse.

Comme rattrapé par l'ombre, jeté les os aux chiens... il avait comme lâché l'affaire.

Il s'en foutait de ce boulot, qui lui bouffait son temps et lui permettait de croire qu'il était quelqu'un d'important.

Réussisseur, modèle courant. Menteur, modèle courant. Mari modèle, modèle courant. De l'adultère, modèle courant, probablement cocu, modèle courant.

Il était descendu une station plus tôt.

Il avait appelé sa femme. Elle lui avait raccroché au nez, sans colère. « N'en fais pas trop quand même. »

Accoudé au comptoir il ne se demandait pas quoi faire. Il avait lâché l'affaire.

Il buvait des bières en regardant le mur. Il n'était ni triste, ni fatigué, ni écœuré. Il n'était rien du tout, il avait lâché l'affaire.

Il y avait cette femme à l'autre bout de la salle.

Elle aussi buvait des bières. Il regardait ses seins, lourds et soulevés par son souffle. Sa peau blanche. Son corps ample et en courbes. Les cheveux longs et sombres répandus dans son dos. Et ses yeux fatigués, immenses et comme usés. Et puis ses seins encore, sa robe les montrait bien.

Il se sentait une grande envie d'éjaculer entre ses seins. Il avait envie de l'attraper la toucher au ventre lui fouiller les cuisses, la mordre. La barbouiller de foutre et se frotter contre elle.

L'envie venait du vide, comme une tempête blanche, une faille de l'âme.

Il avait même envie de la cogner. Salement envie de lui éclater sa gueule. Sa peau blanche, salement envie de l'arranger, la couvrir de bleus. Salement envie.

Alors il se sentait triste. Comme partant en arrière. Frustration, il avait envie de lui péter le ventre, de la massacrer. Son corps ample, fatigué. Il avait envie de la broyer.

Puis toute sa colère retombait. Il reposait les yeux sur elle.

Elle se laissait regarder. Pas un coup d'œil vers lui, mais elle se laissait regarder.

Ses grands yeux fatigués, rivés sur son verre vide, ne regardaient rien de précis.

Il s'est approché d'elle, sans trop savoir quoi dire, sans même y réfléchir.

Il a balbutié quelque chose, comme proposer de lui payer à boire.

Il aurait voulu être capable, là, maintenant, de s'effondrer en sanglots et que cette femme pose la main sur sa tête et qu'elle le réconforte, qu'elle le sorte de là.

Est-ce que quelqu'un pouvait faire quelque chose pour lui ?

La femme le dévisageait, ses grands yeux fatigués.

Est-ce que quelqu'un pouvait faire quelque chose pour lui ?

La femme souriait à peine, elle disait : « Bien sûr, chéri, tu peux me payer à boire. »

Il a commandé deux bières. Il ne parlait plus. Elle a glissé sa main sur sa cuisse. Elle disait « ... tenir bon... qu'un moment à passer. »

Et sa main était chaude, rassurante, bienveillante.

Toute contre lui elle caressait sa nuque, elle le prenait contre elle comme pour le consoler.

Et ses yeux fatigués, démesurément tristes, posés sur lui le réchauffaient, elle l'enveloppait d'amour, de bienveillance et de chaleur.

Il se mit à parler de lui. A raconter n'importe quoi. Sa femme ses maîtresses son boulot, comment il était descendu du train.

Et la femme écoutait, rassurante et pesante.

Et la femme acquiesçait, silencieuse, attentive.

Il lui a parlé jusqu'à ce que le bar ferme.

Elle voulait rentrer chez elle, il lui a demandé de rester avec lui. Il ne voulait pas qu'elle parte, une peur panique qu'elle le laisse seul.

Envie de ses yeux tristes, de ses seins blancs et lourds. Et qu'elle soit contre lui, qu'elle l'écoute patiemment.

Il disait : « S'il te plaît, ça m'a fait tellement de bien, de discuter avec toi. J'ai envie qu'on dorme ensemble. Je sais... C'est... Comment dire... S'il te plaît, reste avec moi. »

Alors, elle s'est laissé persuader. Embrasser et toucher autant qu'il le voulait.

Elle le prenait dans sa bouche, le prenait dans son

ventre, elle se donnait à lui. Les yeux toujours ouverts, ses grands yeux fatigués.

Et elle l'a pris en elle.

Et comme il n'arrivait pas à dormir, elle l'écoutait encore.

Rassurante et immense, son corps chaud ses yeux tristes.

Et le matin venu, il était soulagé, vidé et aplani.

Il s'est rhabillé, l'a embrassée et remerciée.

Elle lui souhaita bonne chance, dit qu'elle voulait dormir un peu, rester dans la chambre jusque midi.

Elle lui souhaita bonne chance sur le pas de la porte. Ses grands yeux rassurants, aimants et disponibles, elle l'a regardé partir.

En bas, à la réception, il a demandé à téléphoner.

Il rappela sa maîtresse, pour s'excuser et promettre qu'il viendrait bientôt, sa femme pour dire qu'il l'aimait, qu'il rentrait sur-le-champ, qu'il fallait qu'ils discutent, et son travail, pour savoir si tout allait bien.

Et tout allait bien.

Les choses lui revenaient,

une à une, et intactes.

Juste un sale moment. Il était soulagé.

Repensant à la nuit, à cette femme aimante, il regretta un moment de ne pas lui avoir demandé son numéro. Pour la rappeler et la remercier encore, peut-être la revoir.

Une femme de chambre a hurlé au premier, il a remonté les étages quatre à quatre, sans réfléchir, voir ce qui se passait.

La porte de leur chambre, la porte grande ouverte.

La femme pendue au milieu de la pièce.

Ses deux yeux grands ouverts, vides.

Son corps nu, blanc et lourd.

Par la porte grande ouverte, son corps se balançait.

Lecture avec Bastards !, avril 1995

A terme

Elle aime son nouveau corps, et le poids de ses seins. Les aréoles immenses et son ventre est énorme. Quelque chose de vivant bouge au plein milieu d'elle.

Elle s'assoit en terrasse, allume une cigarette et commande un whisky.

Elle regarde passer les gens, ces gens-là vivre entre eux, comme ils savent si bien le faire.

Et pour la première fois depuis des mois, elle pense au père, ce garçon doux et triste. Elle ne lui a pas dit. Elle ne lui a rien dit, rien dit de ce que ça fait, même quand il est parti, gardé toute dignité.

Elle lui a fait un enfant avec son ventre.

Et elle pense à la mère, la mère qui lui disait : « Tu es sortie d'un coup, comme un gros paquet, sans que je sente rien. »

Elle est bâtie pareil. Elle est bâtie pour ça.

Et d'autres fois la mère criait : « Ça me dégoûtait juste après, tu étais tout le temps là, à crier, à vouloir manger. Je ne t'ai jamais nourrie au sein parce que tu me dégoûtais... Juste après, j'aurais voulu te casser contre un mur. »

Elle est bâtie pareil, elle est bâtie pour ça.

Elle vide son verre d'un trait, sa gorge brûle, son ventre s'ébranle, tire, l'intérieur d'elle qui s'impatiente.

Elle n'a pas peur, se lève avec lenteur. Dans la rue, tête haute, son gros ventre en avant, elle marche doucement.

Elle arrive juste à temps, ferme la porte de la chambre d'hôtel, et puis tire les rideaux.

Appuyée contre le mur, elle respire de son mieux.

Accroupie dos au mur, elle pousse de toutes ses forces, serre les dents, elle ne criera pas.

Accroupie dos au mur, elle s'expulse de son mieux, son ventre se déchire, elle se répand au sol, serre les dents, elle ne criera pas.

Gémissante et en sueur, elle pousse et se délivre, se soulage finalement.

Et l'enfant est par terre, rouge et sanguinolent. Braillard et bien vivant.

Et ce bébé visqueux, elle le prend dans ses bras, et le serre tout contre elle. Cette chose incroyable, qui lui vient de dedans, qui cherche l'air, rageusement, et ouvre grande sa bouche sans dents à l'intérieur, les yeux encore serrés.

Elle porte l'enfant, à bout de bras, le tourne et le découvre, sous toutes ses coutures, encore un peu tremblante, elle retrouve tout son souffle.

La chair de sa chair, le fruit de ses entrailles.

Ce sexe miniature, qui ne ressemble à rien. Elle le prend dans sa bouche, joue avec un moment.

Avec les dents devant, elle le tranche d'un coup sec.

L'enfant se raidit, hurle.

Elle saisit un bras dans sa main, de l'autre le porte par le tronc. Elle tire, du plus fort qu'elle peut. Voir si elle peut le déchirer. Quelque chose craque mais l'enfant reste entier.

Elle le lâche par terre.

Sort les ciseaux à ongles de son sac, entaille le cordon, patiemment, coupe le cordon. Elle est attentive et très sérieuse, elle fait quelque chose de très important. S'acharne sur le cordon, le temps que ça prend.

Et l'enfant est par terre, bouge encore en criant, elle le prend par les pieds.

Le fracasse plusieurs fois contre le bord de l'évier. A bout de bras, de toutes ses forces, jusque sentir la chose inanimée, relâchée, achevée. Complètement démembrée.

Ensuite, elle met l'enfant dans le sac plastique prévu à cet usage. Sort la carte qu'elle a écrite au père, pour lui dire de quoi il s'agit, le remercier pour tout et lui souhaiter les meilleures choses. Elle met le sac et la carte dans le paquet, trouve la force de bien le fermer, le scotcher et l'adresser.

Elle le postera demain, quand elle se sera reposée, nettoyée, et qu'elle aura repris assez de forces.

Allongée, c'est encore à sa mère qu'elle pense.
Elle se sent bien, comme débordante d'amour.
Maman...

Lecture avec Bastards!, avril 1995

Comme une bombe

I

En sortant de sa douche, elle se plante face à son
reflet
Met les mains sur ses hanches, ondule du bassin tout
doucement
Sensation d'oppression, mise à cran,
Un truc qui réclame soulagement.
Elle joue avec ses cheveux mouillés,
ses pieds sont nus sur le parquet.

Quelque chose, dans la pièce, qu'elle peut sentir avec
son ventre. Ça va en grandissant, et ça fait presque
mal maintenant.

Et elle ondule un peu plus large,
envie d'une main entre ses jambes.
Comme une bombe, qui ferait les cent pas,
qui cherche l'explosion.

Quelque chose, dans la pièce, qu'elle peut sentir avec
son ventre.
Et ça fait presque mal maintenant,
tellement ça réclame soulagement.

Et elle ondule un peu plus large,
envie d'une main entre ses jambes.

Debout, fenêtre face à la sienne,
Silhouette,
tournée vers elle,
qui reste plantée là
et la regarde attentivement.

Elle ne peut distinguer ses traits,
mais elle jurerait qu'elle sent ses yeux,
et qu'elle comprend ce qu'ils lui veulent,
le genre de choses qu'ils lui intiment.
« Et maintenant danse un peu pour moi. »

Tommyknockers, knocking at your door
You'd better scream yourself awake
Eyes, growing Wide
Eyes, growing Wide
Tommyknockers, knocking at your door.

« Et maintenant danse un peu pour moi. »
Elle se caresse les seins,
d'abord du bout des doigts
Puis les prend à pleines mains
pour bien les lui faire voir.
Elle fait des cercles avec son ventre
et joue avec sa langue,
entrouve la bouche,
elle fait des cercles avec son ventre.

Face au regard dehors, elle se montre avec application
Renversée sur le dos, écarte largement les cuisses.

Détonation, quand elle se touche,
elle bascule en arrière, et balbutie de drôles de choses,
elle le sent qui la fouille
s'entend gémir en suppliant.

Tommyknockers, knocking at your door
You'd better scream yourself awake
Tommyknockers, knocking at your door.

Cet autre jour elle rentre tard, c'était une sale journée,
sa tête est prête à exploser
elle a complètement oublié
ce qui s'était passé,
d'ailleurs elle s'imagine, que tout est bien fini.

Mais en quelques minutes, elle le sent à nouveau,
qui imprègne la pièce, colle la tension, clameur
interne,
quelque chose, dans la pièce, qu'elle peut sentir avec
son ventre,
et ça fait presque mal maintenant,
tellement ça réclame soulagement.

La fenêtre face à la sienne, les persiennes restent
closes.
Sonnerie du téléphone, elle sait à qui elle va répondre.

« Voisine ? Et maintenant danse un peu pour moi. »

Insolence, indolence,
il l'accroche dès les premiers mots,
elle sait qu'elle devrait raccrocher,
faire taire la voix se préserver,
mais elle écoute encore,
elle sait à qui elle va s'offrir.

Dégradation progressive, d'une grande délicatesse,
elle perd contrôle, l'usage de toutes ses connaissances,
le rythme lent et grave, se substitue à elle.
Encharnellement,
contact épais,
une prodigieuse excitation,
et elle ne raccroche pas.

Il dit :
« Viens par là, approche-toi, que je te voie bien,

ouais, viens par là, ça t'excite autant que moi alors
viens par là, et montre-toi.
Tourne-moi le dos, comme ça,
ouais, touche-toi, relève ta jupe, penche-toi, plus bas,
caresse-toi, comme ça.
Putain t'es épatante comme ça,
penche-toi encore un peu plus bas,
c'est ça,
écarte ton cul que je te voie bien, comme ça ouais,
vas-y branle-toi, comme ça ouais,
Et maintenant danse un peu pour moi. »

Il est toujours aussi calme, attentif, vaguement amusé,
entre chaque ordre, prend tout son temps pour la
mater...

« Retourne-toi, regarde vers moi, dis-moi :
est-ce que tu aimes ça comme ça ? »

Elle fait signe de la tête, en guise d'acquiescement,
il se fait plus pressant :

« Je veux te l'entendre dire, à voix haute,
est-ce que tu aimes ça comme ça ? »

Et elle s'entend répondre, après une brève hésitation,
tout d'abord timidement, et puis les mots s'enchaînent,
ils lui viennent tout naturellement :

« Je ne suis qu'une pute,
je suis trempée tellement ça m'excite
parce que tu me parles comme ça,
c'que tu me fais pas croyable, comment j'adore ça,
comme ça, je pensais pas, comment j'adore ça, comme
ça. »

Déclic, à l'autre bout du fil, il a racroché.

Les jours suivants,
elle ne peut s'empêcher de surveiller les stores d'en
face.
Elle est bien résolue à ne plus se laisser prendre,
à raccrocher dès qu'elle l'entend.

Tommyknockers, knocking at your door,
you'd better scream yourself awake,
Tommyknockers, knocking at your door,
your eyes, growing wide.

IV

« S'il te plaît, viens chez moi, je veux te sentir dedans
moi,
Je veux t'avoir dedans ma bouche
et t'avaler jusqu'à la garde,
s'il te plaît, viens chez moi. »

Bien entendu, il a rappelé,
à maintes reprises,
et elle s'est laissé faire,
par le grave de la voix, et les mots dérailleurs,
qui lui ravagent son ventre, incendie, pleine zone
d'ombres.

« Tu me donnes ton code d'entrée ? »

Envie mêlée d'appréhension,
la peur lui déchire la poitrine,
elle se diffuse le long des bras, des jambes,
se cristallise cash au bas-ventre.

Elle ne l'a encore jamais vu.
Elle attend dans l'entrée, que la sonnette résonne,
impatiente et terrorisée,
elle craint surtout qu'il ne vienne pas,

qu'il change d'avis,
la laisse comme ça.

Il donne deux coups brefs à la porte,
il reste un long moment,
prend son temps pour la détailler,
sourire railleur jusque les yeux,
qui s'attardent sur le haut de ses cuisses.

Comme elle se détourne pour le précéder au salon,
il la retient par le bras, ses doigts lui brûlent la peau.
Il glisse une main contre sa fente,
lui met la pression tout doucement,
elle se tient debout devant lui, dos au mur,
se cambre en écartant les cuisses,
pour qu'il la branle sans ménagement,
et elle relève les yeux sur lui.

Sa figure est régulièrement belle,
bien que singulièrement bestiale,
épaisse barre noire de sourcils noirs,
au-dessus des yeux bruns rieurs,
Mâchoire puissante, la bouche énorme,
massif, en toutes choses,
grand sourire d'enfant carnassier,
un enfant qui croquerait des entrailles.

Elle bouge son cul autour de sa main,
tout l'intérieur volcanisé,
et de le voir sourire,
en la regardant s'abandonner,
lui colle un cirque plein d'étincelles,
un bordel pas pensable.

Puis il la fait s'agenouiller,
appuie doucement sur les épaules,
colonne de chair, veines gonflées,
elle l'attrape à pleine bouche,
et le parcourt de haut en bas,
l'enserre avec ses joues,

et se sert de sa langue,
doucement, soigneusement, de haut en bas,
elle le branle avec sa bouche.

Entre les poils du pubis et le nombril
il a deux serpents tatoués, enlacés,
et se faisant finalement face,
dessin extrêmement travaillé,
chaque écaille dessinée,
les yeux perçants de couleur jaune
soigneusement détaillés
l'encouragent à bien travailler
quand il la fourre jusqu'à la gorge.
Une de ses mains caresse sa nuque,
sa paume est chaude contre sa peau.

Il se retire, se branle à quelques centimètres de sa
bouche,
il se finit tout seul, sa main va et vient, de plus en
plus rapidement,
jusqu'à ce qu'il gicle sur sa joue.
Puis il se rhabille calmement,
l'embrasse sur l'épaule en sortant.

En rythmes réguliers, espacés,
le plaisir cogne encore.

V

« Traverse la rue et viens chez nous, ma sœur veut te
rencontrer. »

Dans un salon immense, et presque pas meublé,
elle s'avance, silence,
leurs deux regards rivés sur elle.
Ils se tiennent, côte à côte,
même taille, même maintien,
même lueur, la même ironie triste.

Elle s'avance, silence,
leurs deux regards rivés sur elle.

La sœur se tient droite et sévère,
larges yeux sombres, tranquilles et graves.

A l'autre bout de la pièce, elle distingue
Un vivarium qui prend tout le mur
Où glissent des reptiles,
luisants, lumière argentée,
mordorée, ondulations eaux agitées, bruissante
variation,
se déformant, se reformant, se contractant.

Un vivarium immense, où glissent les reptiles.

La sœur se lève et la rejoint
Port royal, écorché, courtoisie insolante,
dit qu'elle s'appelle Myra
en se collant contre elle,
sans hésiter, l'attraper.
Elle porte tatoués sur l'épaule
les mêmes serpents que son frère,
sa hanche est ronde et tendre
sa langue vient dans sa bouche
son ventre se plaque au sien.

Elle la fait s'agenouiller dans le fauteuil,
remonte sa jupe,
ses doigts savants qui la déclenchent,
immédiatement,
vers l'angle mort de la raison.
Elle enfouit sa tête dans le dossier,
se fait lécher au creux des cuisses,
et mordre et bouleverser,
doigter en s'écartant,
Vlad les regarde sans bouger.

En tournant la tête elle voit,
sur l'écran d'un moniteur vidéo :
un homme cagoulé asperge d'essence une jeune
femme
au teint mat, ligotée sur une chaise, entièrement nue,
la gueule bousillée d'hématomes,
elle tombe avec la chaise en cherchant à se
dérober, échapper, se traîne au sol, misérable,
gros plan sur ses yeux, mauvaise mise au point,
hurlement, elle prend feu,
rampe par terre, roule par terre, cherche à
s'éteindre, frénétiquement,
inutilement, gros plan sur ses yeux
qui voudraient sortir des orbites.

Elle détourne les yeux de l'écran,
écœurée, croise le regard de Myra
sa bouche trop rouge esquisse un sourire satisfait
la voix tendre qui endort :
« Reviens nous voir quand tu es prête. »

VI

The Tommyknockers
they reached you honey
now they're waiting for you
the Tommyknockers
knocking at your door?

Elle a l'impression d'avoir livré une grande bataille
contre elle-même, et de l'avoir perdue, d'en être
soulagée.

Elle traverse encore une fois la rue,
vient frapper à leur porte.

Myra lui ouvre, s'écarte pour la laisser entrer.

Corps souple et rond, ses yeux sont lents et sombres,
Chaleur, et elle l'attire contre elle,
Chaleur, de son ventre
maternelle et vicieuse
langue passée sur ses lèvres
aussitôt entrouvertes
attouchements calmes et tendres
cérémonieux et apaisants.

Myra la déshabille lentement,
précautionneusement,
dispense ses caresses de sorcière.

Le premier coup la surprend tellement
qu'elle n'a pas mal tout de suite
un éclair formidable
qui lui éteint les sens.

Myra laisse un moment de répit,
avant de relever la main,
et de cogner encore,
le temps nécessaire
pour que se répande la douleur
langue de feu, inexorable,
elle cherche à s'y soustraire
langue de feu, inexorable,
la lacère, régulièrement,
l'envoie valdinguer n'importe où.

Et elle supplie d'arrêter ça,
elle en appelle au ciel, à sa mère, et au Christ,
elle s'étouffe et se cabre
elle en appelle au ciel, à sa mère, et au Christ,
ce qui se passe est impossible, insupportable,
mais ça ne s'arrête pas.

A chaque coup porté, elle entend Myra souffler
bruyamment,
ça doit cesser, c'est insupportable,
mais ça ne s'arrête pas.

Elle implore encore grâce
bien après que Myra a cessé de cogner
elle sent ses mains
plus rassurantes que jamais
qui se confondent à la brûlure
se déploient autour d'elle
et qui lui font du bien.
La chaleur, tout du long,
qui s'impose aux blessures,
sa peau à vif, exacerbée,
les doigts agiles écartent son ventre
une volupté d'entre les flammes,
la délivrance creuse son bassin,
la langue insistante la rassure,
prend pleine possession de sa bouche.

VIII

Vlad est rentré beaucoup plus tard,
elle lève sur lui ses yeux gonflés,
il est tendre avec elle,
dans la pièce d'à côté, Myra prépare du café,
elle les rejoint, cafetière en main,
elle dit « écoute »
avant de renverser le café brûlant sur son ventre
le monde s'écroule encore
ça ne peut pas arriver
la chair à vif insupportable
le monde s'écroule encore
liquide brûlant
lui lape, jusque les entrailles.

Le lendemain, ils la conduisent à quelques rues de là,
chez un homme qu'ils semblent bien connaître.

C'est la première personne à qui ils s'adressent
comme s'ils étaient entre eux
sur ce ton convenu, rapide, et si précis,
ce bruissement mélodieux.

Puis Vlad la conduit vers un siège,
désigne un point sur sa poitrine.
Les yeux de l'homme sont clairs.
Lueur, la même que le frère et la sœur.

Elle est assise face à un miroir qui prend tout le mur,
l'homme agenouillé à côté d'elle est plutôt petit
tatoué de la base du cou aux chevilles
reptiles multicolores, et dragons rangs serrés
l'enlacent au torse, seconde peau,
rendent sa nudité surprenante,
elle le regarde bouger, préparer ce qu'il faut.
Elle comprend qu'il va la tatouer à l'endroit désigné
par Vlad.

Bruit électrique de l'aiguille,
douleur bénigne mais persistante,
elle voit dans le miroir son propre ventre
peau gondolée brunie brûlée par le café
et puis partout sur elle zébrures rouges
tous les coups qu'elle a pris.
Il dessine les contours avec application,
un serpent, comme ceux qu'en portent Myra et Vlad,
Enroulé sous son sein, qui se redresse vers l'aréole.
Drôle d'intensité, dans les yeux du tatoueur,
elle jurerait, qu'il la marque autant avec les yeux
qu'avec l'aiguille.

Il a fini, elle se relève.

Lui remonte les cuisses de chaque côté des accoudoirs,
et s'enfonce dedans elle,
la plaie au ventre se réveille
ainsi qu'une grande envie de lui
confusion, toute chose et son contraire.
Le serpent, lové sous son sein,
la brûle, l'accompagne.

X

« Boire ton tout dernier souffle,
et baiser ton corps mort,
t'avoir la vie à même la gorge,
et te gicler dans les entrailles
te déchirer ton ventre
et y plonger la main,
c'est ton tout dernier soir tu sais. »

Vlad est couché contre elle,
la première fois qu'il crispe ses mains sur ses hanches,
la première fois qu'il est dedans,
la parcourt, se répand dans sa chair.
Mille brisements, elle s'étend indéfiniment.

« Boire ton tout dernier souffle,
et baiser ton corps mort,
t'avoir la vie à même la gorge,
et te gicler dans les entrailles,
te déchirer le ventre,
et y plonger la main. »

D'une poigne aussi ferme que tendre,
Myra tire sa tête vers l'arrière,
dégage la gorge,
qu'elle tranche net.

Scintillantes éclaboussures de lumière
qui accrochent la lame.

Petite corde rouge au cou
va en s'élargissant
un écart douloureux
tranche l'espace de haut en bas
Vitesse insupportable.

Myra emplit les deux coupes
à même la blessure
le sang sombre et épais
laisse de lentes traces en s'écoulant le long de la paroi.

Elle le sent sous la peau, le serpent qui se noue,
se gonfle, prend consistance, palpitante excroissance,
se détache tout doucement, s'enroule autour du sein.

Son corps est de plus en plus faible,
apaisante présence du reptile le long d'elle
il dégouline jusqu'à mi-taille,
enfonce sa gueule entre ses cuisses,
il lui remonte dedans, lui rampe à l'intérieur,
humide, chaud et rigide.
S'insinue, de plus en plus loin,
la déchiquette, se remplit d'elle,
colonne de chair vorace et tendre,
se fraye un chemin vers le haut.

Vlad et Myra se tiennent debout
l'un en face de l'autre
d'une seule traite,
vident les coupes.

Sans se quitter des yeux
ils attendent.

Somptueux, pleins de calme,
leurs yeux gagnent en éclat,
rivés l'un dans l'autre
attentifs et patients,
vert se mêlant de brun

80

se baignent l'un dans l'autre
se rejoignent en un fil
vert se mêlant de brun.
Un calme tout puissant,
débordant, l'un dans l'autre.

Elle voit alors
les serpents se détacher du ventre de Vlad
des épaules de Myra
ramper entre eux, grossir,
rejoindre au milieu,
yeux rivés l'un à l'autre,
nid grouillant au milieu
des serpents enlacés
éclats dansants, variant incessamment
bruissante ondulation
se soulève puissamment
respire régulièrement.

Du sang la recouvre jusqu'aux pieds
le serpent la déchire
lui sort par la poitrine
se fraye un chemin
force l'ouverture
sa gueule, devenue énorme,
les yeux jaunes et brillants,
il force le passage,
jaillit d'entre ses seins,
il lui écarte les chairs, s'extirpe d'elle.

Puis il tombe, mollement, à ses pieds.

Il rejoint le nid grouillant
entre le frère et la sœur
les écailles se resserrent
se soudent les unes les autres
de couleur pierre
en nuances argentées.

Leurs jambes
ensevelies

se fondent au tas
corps glissants l'un vers l'autre
jusqu'à mi-taille confondus.

Monstre royal,
à double tête
Yeux rivés
apaisés
Double regard à tronc commun
triomphants, apaisés,
ils baignent l'un dans l'autre,
repus et réunis.

Yeux rivés l'un à l'autre,
et respirent finalement.

Lecture avec FUTURE KILL, 1996

L'ange est à ses côtés

« Un homme marié, sans doute », en déchirant le papier du sucre, ton léger de fin de conversation, celui des choses courantes, juste un truc à régler, comme s'arracher une dent.

Ce moment-là, c'était la veille, il faisait encore jour, tout était différent.

Elle avait réglé son café, quitté la place, encore en paix.

Ça faisait plusieurs jours déjà, l'ange à sa gauche l'accompagnait, dans des rêves clairs et nets, il l'aidait à laver ses mains, eau rougie, sans qu'elle sache pourquoi, eau tiède sur ses paumes, l'ange à sa gauche la protégeait.

Journaux étalés sur le lit d'hôpital, le temps qu'ils s'occupent d'elle, en profite pour laver ses cheveux, eau très chaude, yeux mi-clos, à ne penser à rien.

Boucle chargée d'eau, goutte à goutte sur la page, l'auréole sombre grandit, tache mouillée, le papier ressemble à du tissu.

Son sang est encore froid, c'est début d'inquiétude, tout est encore en place, et tout tient parfaitement.

Un enfant dans son ventre encore plat, elle passe sa main dessus, trouve ses seins un peu gros, les sent comme un peu lourds, quelque chose qui bougerait dans son ventre, elle voudrait bien sentir, se concentre dessus, cet enfant dedans elle, mais il n'y a que

l'odeur de son propre parfum, entêtant, comme un volume trop fort, pas moyen d'en sortir, de faire cesser, le vacarme écœurant, ça occupe tout dedans, à donner la nausée,

prise de gorge, en colonne dure au centre.

Avalée cette pilule, ça se passait de cette drôle de façon, allongée sur son lit, ça se passait en longtemps, en un temps alourdi, déglutir, à partir du nombril, tout son ventre tendait vers le bas.

Le père de l'enfant. A s'interdire d'y réfléchir, elle n'y pensait jamais, ça n'avait pas grande importance.

Choses douces, sucrées, mordre dans sa bouche, tu es présent dedans ma chair, carreaux mouillés de sueur.

Comment une toute petite pensée s'échappe du reste, une simple anecdote, aucune raison de se méfier,

comment les larmes montent aux yeux et coupent le souffle, empruntent la gorge entière et l'étau prend sa forme ;

en colonne dure au centre, c'est la douleur brûlante, coulée de lave, entrailles déchiquetées,

ce quelque chose d'immutilable est devenu énorme, se dégage sans effort,

et déployé d'un coup, il souffle tout le reste.

L'ange est à ses côtés, l'entraîne un peu plus haut, juste au-dessus des braises,

perdre sa peau cent fois, et cent fois qu'elle repousse, pour être écorchée vive, et cent fois brûlée vive.

L'ange est à ses côtés, comme lui tenant le bras, il la soulève un peu, lui épargne le pire.

Elle respire de plus en plus profondément, couchée sur le dos, mains crispées sur de sales draps, halète profondément, régulièrement, comme une femme accouchant, aux premières contractions, sans aucune prise sur ce qui va venir.

Lame de fond,
rayée, cash.

Quand tu le fais avec moi, comment ils font tes reins ça me fait du bien de haut en bas, avec le bassin tu me casses quelque chose, résistance qui pète en plein milieu, il y a du ciel par là, je suis ouverte en plein milieu, il me sort des lambeaux de nuages, sans interruption, et il y a de la mer qui se déploie dans ma gorge, pourquoi ce plaisir là vient de toi et c'est toi seulement qui le donnes, soleils roulant sur des arcs tendus, trempée, tu me vas tellement loin, à ce moment-là mon ventre est sûr et c'est pour toi qu'il est bâti, creusé en pente douce pour que tu glisses à l'intérieur et tu n'as jamais de fin, ouvrir les yeux c'est dans les tiens que je tombe et toujours j'ai attendu ça, c'est le centre du monde, j'étais bâtie pour ça, j'étais bâtie pour toi, me refermer sur toi, m'ouvrir en plein pour toi.
Tu vois, ce bonhomme, comment il plane, dans les cieux, les bras grands écartés, apesanteur, tranquillité, et sous son ventre il sent le vide qui le soutient le porte et lui caresse doucement les tempes, glisse contre lui, il plane, tu vois ce bonhomme ?

Elle lui parle tout doucement, elle est blottie dans un coin du lit, à grelotter et égrène toutes ces choses, dents claquent et cassent les mots qui sortent, à quoi elle joue, elle va se relever et arrêter son cinéma.

Est-ce que tu sais ce que t'as dans le ventre ? Est-ce que tu sais ce que tu viens de faire ?

Comme se souvenir de lui, penché sur ses lacets, qui parle de sa femme, elle se souvient de sa façon à elle, encore couchée, pas rhabillée, de bien le prendre, le prendre poliment, lâchetés d'orgueil.
« Je l'aime vraiment, tu sais. »

Elle est couchée sur le ventre, attrape l'oreiller à pleine bouche, le matelas se déplace par plaques, tangue doucement, sale berceuse,

elle touche son ventre et l'intérieur des cuisses, blanches, écrasées contre les draps,

l'odeur de ses doigts quand elle les a passés dans son ventre, c'est une odeur de mort, pourriture moite intérieur d'elle, si elle avait laissé grandir l'enfant, il serait sorti moisi, probablement, un enfant champignon, tout ce qui peut sortir d'elle, du mal et du sordide, un enfant champignon.

Une infirmière rôde, surveille que tout se passe bien, que tout fout le camp sans trop de dégâts.

Elle salope tout ce qu'elle touche, cette première fois qu'ils l'avaient fait, il était rentré un peu tard, sa femme l'attendait. Sale nouvelle : leur gamin renversé, dans la rue juste en bas de chez eux. La mère avait eu le temps de sortir, se pencher sur lui et le voir partir. Ça s'était passé exactement après que l'autre chose fut passée.

Les cigarettes, trop de cigarettes, entament le souffle, empêchent l'air de sortir entrer comme il le faudrait,

et c'est les murs autour, et les draps sont trop lourds,

elle jure qu'elle perd le sang par litres et sent l'enfant sortir, le sent, et soulève son bassin, simulacre, expulse à vide en ahanant, palpitations, nœuds de reptiles, qui lui frémissent dessous la peau, dessous la peau du ventre, à partir du nombril, langues impatientes râpent l'intérieur,

elle se tourne sur le dos, fait des grimaces pour respirer.

Elle se rendait chez eux, chaque jour, consoler la mère, elle venait pour payer, pour ce qu'ils avaient fait. Elle écoutait la mère, chaque jour, elle se rendait chez eux.

Puis, d'un jour à l'autre, un seul geste déplacé et, elle n'avait plus qu'une seule idée en tête, le faire encore, et elle pouvait sentir, poitrine de l'homme aimé, la même idée en forme de bête, recommencer son tintamarre.

Assise seule dans la chambre, le lit voisin du sien est vide, elle gémit sans un bruit.

Elle décide d'y aller, c'est d'abord une idée stupide, et aussitôt ensuite, c'est tout ce qu'elle désire.

Être chez eux, auprès de lui, elle ne dira pas ce qu'elle a, les mauvaises choses se retireront d'elles-mêmes, elle retrouvera son calme.

Alice, la tête en bas, ses deux bras en avant.

Couloirs pleins de bruits étouffés, et de portes fermées, l'infirmière lui demande si elle n'est pas perdue, elle sourit sans répondre, passe son chemin et sort dans la nuit,

elle traverse la ville, sa chemise en tissu noir qui lui descend aux pieds, et lui dessine son corps, elle traverse la ville, les deux mains sur son ventre, la tête un peu baissée, regarde juste le sol, éviter les mégots encore allumés, pieds nus, sentir le froid le mouillé le sale dessous ses pieds, les poser bien à plat, sur les trottoirs glacés, glisse le regard des gens, qui la croisent de si loin, elle claque encore des dents, à cause du froid glacé, ou la douleur si lourde de son ventre qui descend,

l'ange à sa gauche, main sur son épaule, son souffle tout contre le sien, chansons douces, qui lui viendraient par ondes, elle lève les yeux au ciel, aussi vide que solide

emprunte les rues sans les connaître, pieds nus, le froid le plus cinglant, et du ventre à la gorge, le froid dessous ses pieds, en serrant dans son poing son lambeau de secret, dégoulinant de sang,

en ouverture radieuse, tout un ciel éclairé, comme de dormir en lui, reposer devant lui, se fondre avec délice, c'est tout à base de plumes, d'ange attentif, d'ailes déployées, soyeuses, c'est couchée contre lui respirer à pleine gorge, le boire et s'apaiser, ses yeux se sont ouverts, il est au milieu d'elle, l'occupe de toute sa force.

En arrivant chez eux, bout de souffle, les pieds lui brûlent et elle grelotte, reconnaissant la porte c'est bouffée rassurante, une chaleur annoncée, elle cramponne son secret serré dedans son poing.

Et en entrant chez eux, quelque chose qui alerte, et la femme est absente, remplacée par une autre, encore une autre

tout s'est passé aussi calmement que possible, une certitude que rien n'aurait pu ébranler
se sont battus jusque dehors, elle, acharnée, jusqu'à ce qu'il cède

elle est restée comme ça des heures, assise
cul calé dans la terre, à côté de lui, le regarder
comme dormir, reposer,
des heures, pour s'habituer
ne serait-ce qu'à l'idée, la présence de son corps en son absence à lui,
il avait une jambe pliée, repliée sous lui, dans une drôle de position
elle est restée des heures, froid rampant autour d'elle,
à le regarder, mort, tout désarticulé,
enfin, elle a tendu la main,
nettoyé son visage, du sang et de la boue,
fermé ses yeux, par réflexe, peau froide, globe rond et dur sous la paupière inanimée, glacée, peau de macchabée,
soigneusement, elle a nettoyé son visage,
a caressé sa tête, dire adieu, murmuré quelques mots,
ses lèvres effleurant la joue morte, viande froide.

Restée jusqu'au petit jour, assise à côté de lui,
sans rien sentir vraiment,
comme pour s'habituer.

Publié dans le recueil *dix*, 1997

Blue Eyed Devil

Froid dehors et déjà nuit, le keum à l'entrée de la FNAC passe un bidule à bout rouge le long des sacs. Une blonde à tête de femme à Dingo s'étonne et s'indigne presque qu'il insiste pour la vérifier, elle aussi. Elle semble trouver ça déplacé, qu'on s'imagine une seule seconde qu'elle pourrait être dangereuse, aussi. Le type reste aimable, mais super ferme, il passe son bazar autour de son sac. On dirait un genre de sourcier moderne.

Lui, il finit sa clope devant la porte. Il y a un monde de dingue, le samedi, à croire que les gens, ce qu'ils aiment, c'est être bien entassés, pas trop pouvoir bouger. Chez Tati, en face, c'est pareil, l'émeute à bestiaux d'avant un peu Noël.

Lui, il finit sa clope sans se presser, en trouvant qu'elle a un bon goût, il a à peu près une bonne tête, pas si bougnoule que ça, souvent on croit qu'il est Rital, et un sac de sport genre boxe, clean mais sans marque, bon style, honnête et décontracté.

Il inspire, bloque l'air en apnée dans son ventre, puis expire et se met en mouvement. Il se rapproche de la porte, trois mètres, pesant comme un long marathon. Concentré sur sa respiration, ne pas ralentir. Il continue de mâcher des chips, des Springles, des chips qui se rangent en colonne, il a le paquet dans sa main droite, celle qui tient le sac sur son épaule, doit faire un bordel maladroit, pour piocher des chips, croque dedans, truc plâtreux à l'oignon et crème, il mâche et fait descendre, ça oblige le bouchon en gorge à se desserrer un petit peu. Ça fait des semaines qu'il passe par là, pour que les vigiles voient sa gueule, sa bonne gueule de type bien souriant.

Il y a ce truc qui monte, c'est exactement cette sensation de manège qui met la tête en bas, au moment où c'est tout en haut qu'inexorablement ça va redescendre, et tout le corps dit non, surtout la tête qui hurle, mais ça redescend quand même, puisqu'on est monté dedans.

Il y a ce truc qui monte en hurlant non, ça lui éclate dedans comme rien ne l'avait jamais fait, bascule et ça déchire, il voit le noir – un vide où on chute un vide à vertiges – ce truc s'agrippe met les mains devant, proteste, en tumulte inédit, que ça ne veut pas de cette histoire.

En trois mètres et dix secondes d'attente, le temps que passent quelques clients, l'intensité de ce qui le traverse aurait dû le terrasser par terre. Mais il reste debout, et souriant. Tout ça planqué à l'intérieur.

Le type à l'entrée, ne pas trop le regarder, il est déjà en face de lui, mâcher des chips, gêner le mouvement en faisant semblant que c'est pas exprès, sourire pour s'excuser. Et surtout, le regarder, choper ses yeux avec les siens. L'effet que son regard a sur les gens, sédatif, le regard franc, droit, rassurant. Prend l'autre en compte et le désarme. Des semaines qu'il s'entraîne et qu'il prie, pour qu'à ce moment ça passe. Et ça passe. Le type brandit son bidule à bout rouge, son détecteur d'on sait pas quoi, le brandit le long du sac, vite vu, fait à peine gaffe.

Il est dedans le magasin. Il est trempé, il est en sueur. En même temps qu'euphorie, lâchée dans tout son corps, relâchement et excitation.

Il va vers l'escalator, avance lentement, tellement de monde dans le magasin.

Le truc du sac qui a marché, leur bidule rouge, il le savait, c'est que des trucs pour impressionner, ça détecte rien, c'est que pour faire. Comme tout le reste, ils brandissent des trucs imbéciles, pour éviter que quelqu'un bouge. Mais si quelqu'un veut bouger, ils peuvent rien empêcher, c'est que des salades, c'est que des tocards.

Le truc du sac qui a marché, c'était juste pour faire diversion. Un sac de sport bourré de journaux et de vieux T-shirts, pour faire rempli. Ce qu'il trimbale de vraiment pas bon, il l'a de scotché le long du corps. Il s'est rasé le matin même, torse nu devant la glace, une sorte de cérémonial, truc de guerrier, se raser, bien s'essuyer, talquer, et se gaffer soigneusement, machins de métal à même la peau, faisaient froid, début du vrai combat entre lui et lui. A cause de la peur qui naissait, en même temps qu'émotion de puissance, la peau, qui ne voulait pas non plus de ce truc, mais son âme, qui voulait se l'imposer. Qui allait se l'imposer. Être plus fort que lui. Et être plus fort qu'eux.

Depuis la décision, c'était la première fois, ce matin, que le doute se manifestait. En infernal rappel, croyait pouvoir le persuader. De renoncer. De continuer. Mais il était trop entraîné. Mentalement, physiquement. Déterminé. Il est plus fort que lui-même, plus fort que la trouille inculquée. Il sait ce qu'il a à faire.

En haut de l'escalator, prendre à gauche. La clameur interne s'est calmée, il a trouvé un second souffle, sensation d'à peine toucher le sol. Et d'être un étranger parfait, au milieu de tous ces gens qui cherchent, quelque chose à offrir, un truc pour leur PC. Un calme intense, rude comme le plomb. « Je n'ai rien à faire avec vous. Je ne vous aime pas. Je ne sais pas faire, au milieu de vous. Je ne vous aime pas. »

Et en passant, il aperçoit, l'étage du dessous, une silhouette qu'il reconnaît. Fille à lunettes et veste droite, elle parle à quelqu'un, animée. Il l'a toujours vue animée. Souriante, pimpante et prête à s'enflammer. Elle a un genre de malice, qui lui a vachement plu, quand il l'a rencontrée. Un truc qui la rend différente.

Il ne s'attendait pas à ça, il n'y avait pas pensé, croiser

quelqu'un qu'il connaît. « Il faut voir ça comme un test, forcément, c'est pour tester ta volonté, ta détermination à faire ça. »

Que la fille lève les yeux, et le voie. Ça fait partie du grand grand plan, un type là-haut, qui surveille tout, et lui envoie cette meuf, pour voir si vraiment il y tient.

Elle lui fait signe de pas bouger, et aussitôt monte pour le rejoindre.

Il n'a jamais pu calculer, si elle fait l'ingénue ou si c'est vraiment son tempérament. C'est une vraie petite bombe, et elle se conduit en toute simplicité. Est-ce que réellement elle n'est pas consciente de ce que peuvent faire ses yeux sa bouche et sa taille tellement fine, ce qu'elle a de radieux et d'affolant. Ou bien est-ce qu'elle prétend qu'elle en sait rien, pour pouvoir encore mieux en jouer. Il ne la connaît pas tant que ça, se souvient d'une soirée notoire, où il semblait possible de se rapprocher, lui coller sa langue dans sa bouche et poser sa main sur ses seins. Où elle semblait s'offrir, désirer se laisser aller. Mais il était reparti sans elle, une histoire de mauvaises circonstances. C'était souvent que les filles voulaient bien de lui et le lui faisaient savoir, à cause de son regard, justement, ce coup d'œil parfaitement cash et brusque. Mais celle-là, il s'en souvenait bien. Celle-là avait un truc, qu'il aimait particulièrement bien.

Elle s'approche de lui, grand sourire, va pour l'embrasser mais lui s'écarte, prétend qu'il a un gros rhume, il ne veut pas qu'elle se frotte à lui et sente ce qu'il a de plaqué contre le poitrail. Elle demande comment il va, elle explique qu'il la tire d'un sale plan, une fille qu'elle n'avait aucune envie de voir. De la malice, dans ses yeux qu'elle colle franchement aux siens. Une légèreté et une pudeur. Elle a des manières de petit animal fatal.

Il ne peut pas s'empêcher d'y penser. Et si cette fille l'aimait, est-ce que les choses seraient différentes. Ce soir-là, si... est-ce qu'aujourd'hui il en serait là. Pourquoi elle est là, précisément ici. Est-ce que c'est pour tester sa volonté, ou bien c'est l'ange qui doit le sauver, l'empêcher de...

Ses cheveux sont clairs, brillants, donnent envie d'y mettre le nez, donnent envie de passer la main dedans, donnent envie d'avoir sa tête posée sur ses genoux et la caresser tout doucement. Ses yeux sont clairs, une innocence, un bleu tout épargné, limpide, qui n'y connaît rien en douleur, parce qu'elle n'est pas bâtie pour ça.

Elle lui demande comment il va, elle penche un peu la tête, pour entendre sa réponse. Comment elle plante ses yeux en lui. On dirait qu'elle lui veut que du bien, et l'emmener quelque part de calme, le prendre par la main, et lui montrer des trucs qu'il n'aurait jamais vus, qu'il n'imagine même pas. Des putains de terres insensées, pas brûlées pour un sou, et même, toutes verdoyantes, avec des ciels tout comme ses yeux, des endroits qu'on peut respirer.

Il flanche. Il traîne. Il chute.

Il la suit dans les rayons, parce qu'elle veut absolument lui faire écouter quelque chose. Son enthousiasme de gamine, son amour des choses belles. Elle veut lui faire partager quelque chose. Elle pose un casque sur ses oreilles. C'est un morceau de jazz, lui, il n'y comprend rien. Mais il reste là, sax pleine tête, à la regarder le regarder. Il ne sait plus trop, il flanche. C'est ce genre de fille, qui écouterait du jazz, probable que c'est chez elle qu'elle a appris à écouter ça. De la musique de riches, de gens qui savent y faire. Pas des pouilleux, pas des honteux. C'est une môme qui ne sait rien de la honte.

Les autres filles qu'il a connues... elles ont toutes triché, toutes, elles l'ont trahi, souvent quand il s'y attendait le moins. C'était comme le reste, les filles, ça ne marchait jamais pour lui. Pourtant, putain, il a fait des efforts longtemps, comme vouloir soulever des montagnes. Mais rien, jamais, qui se passait pour lui comme les autres. Chaque chose essayée a été une chose massacrée. Il y avait toujours un moment, un mot de trop, un geste de travers. Quelque chose qui le ramenait d'où il vient, de chez les pauvres et de chez les cinglés. Tout ce qui semblait simple pour les autres devenait un vrai casse-tête pour lui. Le seul truc pour lequel il avait de vraies dispositions, c'était souffrir, c'était douleur. Y a qu'en ça qu'il battait tout le monde. A se tordre par terre, tout rougi par la honte, explosé de colère, de rancœur. Et personne, jamais, pour le consoler.

Mais cette fille-là, peut-être... Il en vient à douter. Est-ce que le bonhomme, là-haut, lui aurait fait une farce à la dernière minute? Lui envoyer quelqu'un, qui bougerait toute sa vie et qui lui apprendrait à se soulager du fardeau, et qui l'accompagnerait.

Fin du morceau, il ôte le casque. Il voudrait la prendre dans ses bras, maintenant. Ressortir du magasin avec elle, passer chez lui défaire ses trucs. Poser les armes. Et elle se met à parler du garçon avec qui elle sort. Elle fait sa naturelle. Il connaît ce type, un pur baltringue, vraiment tip top le genre qui le débecte. Imposteur et poseur qui fait semblant que ça lui fait mal alors que ce type-là ne sent rien et ne pense qu'à sa gueule, exactement le genre qui le débecte. Un sale égoïste tout foireux. C'est spécialement pour ce genre de gars, qu'il est venu là aujourd'hui. Et elle signale qu'ils sont ensemble, tout en faisant sa naturelle.

Parce qu'en fait elle est comme les autres, même si le bon Dieu l'a créée avec une vraie gueule de petite fée. Au-dedans d'elle, c'est que du moisi du cradingue qui fait mal, toujours un petit mot pour détruire.

Alors, très poliment, posément, gentiment, il la salue, s'excuse, comme quoi il est un peu pressé.

Et puis, il continue son chemin. Cette vie que lui ne peut pas vivre, hors de question qu'il la quitte seul. Il va exploser, là, maintenant, en emmenant des gens avec lui. Parce qu'ils pouvaient quelque chose, ces autres gens, ils pouvaient lui donner quelque chose mais ils ont toujours fait comme elle : lui cracher à la gueule en le réduisant à rien, en faisant semblant de pas se rendre compte.

Il ne va pas crever tout seul. La petite innocente jolis yeux, il va lui montrer d'un seul coup, à quoi ressemble son monde à lui.

1999

Fils à papa

Je suis allé me laver les mains, il y avait un cafard sur l'évier, courant à toute berzingue, autour du robinet. J'ai trouvé une éponge, j'ai écrabouillé le truc, puis je l'ai fait disparaître dans le siphon en coulant de l'eau dessus.

Ça m'avait quand même un petit peu secoué, soulevé le cœur.

Je suis revenu dans la piaule, et là, j'ai fait remarquer :

— T'es trop sale. Y a des cafards dans ta baraque. Tu fais la belle mais t'es cradingue...

Elle a tourné les yeux vers moi, en faisant un « hmm hmm », aussi sinistre que sa sale gueule.

Je me suis assis au bord du lit, j'ai essayé de lui expliquer :

— C'est bien la peine d'avoir un produit pour les cheveux, une crème pour la nuit, une pour les mains... C'est bien la peine de te donner tout ce mal pour avoir l'air de quelque chose alors qu'en fait t'es qu'une pouilleuse. C'est pas honnête, t'essaies de tromper les gens. Tu comprends ? Un minimum d'hygiène, c'est important.

L'espace d'une seconde, envie de passer ma main sur son front, en même temps que l'éponge sur toute cette affaire. Un désir fulgurant de réconciliation. Mais mes yeux se sont posés sur un bouton noir qu'elle avait sur le cou. Failli vomir. Je ne lui ai même pas dit. Je sentais bien que c'était pas la peine que je me donne trop de mal, ce que je lui racontais, elle y entravait que dalle. Et puis, on ne pouvait pas lui faire confiance.

J'avais rencontré Amélie quelques semaines auparavant.

C'était vers Abbesses, un sale jour qu'il pleuvait, j'étais rentré dans un café, m'étais mis peinard dans un coin, et les quatre filles sont arrivées.

Exactement le genre que j'exècre, exactement le genre qui m'affole.

Grandes gueules et sapes serrées sur elles, on voyait des bouts de ventre, nibards moulés et relevés jusque sous le menton, on voyait leurs petits culs et leurs cuisses impeccables. Tout en elles qui disait « touche-moi », mais cette lourde arrogance pétasse, braillarde, qui faisait trop peur pour leur parler.

Elles sont venues s'asseoir à la table à côté de la mienne. Je leur ai donné moins de vingt ans, bien qu'elles soient infiniment grandes. Moins de vingt, et j'étais sûr qu'elles s'étaient déjà fait toutes bourrer, et de partout. Des minisalopes contentes d'elles.

Il pleuvait trop à verse, dehors, sinon je me serais trissé. Ce genre de pétasses qui me mettent l'angoisse, j'aime pas trop traîner autour d'elles.

Elles ont joué avec leurs portables un moment, je les écoutais vaguement, elles appelaient des mecs puis elles gloussaient entre elles comme des jeunes chiennasses en chaleur.

Il a fallu qu'elle me remarque, Amélie. Qu'elle décide de jouer avec moi. Elle est venue me demander du feu, et elle a fait exprès, de bien se pencher pour que je voie ses seins, et de m'allumer en petits sourires. Et ensuite, elles me lâchaient plus. Elles pouffaient en discutant de moi. Y en a une, la plus grassouillette de toutes et ça lui donnait un air pute encore pire que ses trois collègues, il a fallu qu'elle revienne à la charge, à ma table, et moi je demandais rien mais j'étais déjà en nage, le cœur allant à toute allure, fusées de rage lâchées en moi, une humiliation formidable, doublée d'une excitation terrible. Il a fallu que la grosse truie vienne se pencher à ma table, « ma copine, elle te trouve mignon ».

Alors j'ai juste genre souri, j'ai toujours bien su garder mes guerres à l'intérieur et que du calme dans mon regard, j'ai toujours su planquer ma trouille, alors j'ai souri calmement, j'ai regardé la petite en question, celle qui me trouve si mignon que ça, et j'ai juste dit « viens voir par là ».

Et je peux pas saquer ces craquettes, et moi j'évite leur compagnie, mais elles, elles étaient venues me chercher. Et elle, je savais ce qu'elle voulait. Au fond, je savais qu'elle savait.

Et elle est venue s'asseoir. Et je lui ai fait mon numéro tout calme. Parce que je les aime pas, ces grognasses, mais je sais exactement ce qu'elles veulent.

Elle s'appelait Amélie, elle me faisait son charme maladroit, faisait valoir ses trucs explosifs. J'avais la gaule serrée au fute, et les mains toutes prêtes à trembler. Mais je me contenais, je continuais de sourire et de lui parler de conneries et d'autres. Et surtout, la faire parler d'elle, et je faisais semblant d'écouter, comme si sa vie m'intéressait. Sordides petits mots de pétasse qui se la tourne et qu'est-ce qu'elle s'imaginait, que qui que ce soit aurait supporté d'entendre autant de conneries si c'était pas pour la niquer.

Elle a laissé ses copines partir, en faisant la fière comme si ça avait fait d'elle une grande, être prête à s'en prendre un coup par le premier connard venu, elle m'a laissé lui payer quelques coups, et elle a continué de parler. Et moi, de faire semblant d'être attentif alors qu'en vrai, je pensais franchement à autre chose.

Et elle m'a laissé venir chez elle. Le premier jour, un inconnu. Dans sa piaule de merdeuse qui se croit fine et affranchie et drôle. J'y connais rien aux jeunes ni à leur sous-culture débile mais j'aurais parié que tout ce qu'il y avait chez elle, tout ça destiné à faire croire qu'elle était quelqu'un et quelque chose, j'aurais parié qu'on le retrouvait chez toutes ses collègues imbéciles. Les mêmes bouquins bidon, les mêmes CD bruyants, les mêmes gadgets qu'elle croyait décalés. Tout cet arsenal trop pénible, de jeunes connasses qui se croient effrontées.

Elle m'a laissé la toucher, presque tout de suite, même pas cherchant à faire semblant de dire non. Et quand j'ai voulu l'attacher, elle m'a laissé faire, comme un truc qu'elle aurait déjà fait. Et même ça se peut, sale petite pute, que ça soit vrai. Elle m'a laissé l'attacher en croix, avec ses propres bas, sur le dos, sur le lit, toute bien écartée bien offerte, bâillonnée, comme une sordide petite idiote qu'au fond vraiment elle était.

Alors, j'ai bien vérifié qu'elle pouvait plus bouger. Et dans un premier temps, debout au bout du lit, je lui ai demandé si elle avait vu *Cape Fear*, celui de Scorcese. Surprise que je parle de ça à ce moment-là, elle a fait signe que ouais de la tête, sa sale gueule toute coupée en deux par un torchon noué autour de sa bouche. J'ai précisé :

— Tu te souviens de De Niro, quand il ramasse une pauvre radasse dans un bar et elle est contente qu'il l'attache ? Tu te souviens, ce qu'il lui met ?

Par la fenêtre, en ombre chinoise, on la voit, salope, tout excitée, sur le- ventre, ligotée. Et il se met à la cogner. Dérapage. Il se met à la cogner comme une brute et elle, qu'est-ce qu'elle peut faire ?

Elle a commencé à capter, où je pouvais bien vouloir en venir, à gigoter plus en panique. Mais c'était un petit peu trop tard.

J'ai écrasé ma clope juste sur le téton droit. Je lui ai fait un nouveau mamelon, tout noir. Elle pouvait pas bouger, je sais faire un nœud, quand même. Elle pouvait pas crier, je sais aussi les bâillonner, et qu'il ne faut jamais leur laisser en placer ne serait-ce qu'une. Une fois, je me souviens, j'étais plus jeune, y en a une, je l'ai laissée me parler. Me supplier, me convaincre. Une sacrée petite maligne, qui m'avait presque ému, et elle a failli m'échapper. Depuis, jamais je les laisse en placer une.

Et je l'ai baisée super longtemps. Dommage que j'aie pas pu la laisser en vie, je serais resté son coup de rein légendaire. Jamais personne l'avait prise comme ça. Elle crevait de trouille, c'est tout ce qui me plaît. Ce que je préfère, c'est quand elles se pissent dessus avant, pendant, c'est quand elles veulent pourvu que je sente bien qu'elles se lâchent...

Je l'ai baisée quatre fois d'affilée, en lui disant de bien me regarder parce que j'aime bien avoir leurs yeux.

Puis je suis allé me laver les mains, dans son gourbi tout dégueulasse. Et je l'ai achevée, facile, en l'étouffant à l'édredon.
Je sais qu'au fond de sa chatte toute vaseuse, je laisse de quoi me faire gauler, un jour.

Je pensais à ça, dans l'escalier. Si un jour ils me mettent la main dessus, ils me feront cracher du jonc et toutes les meufs que j'ai serrées, je pourrai pas dire que c'est pas moi.
Mais je m'en tape un petit peu.

Ma mère, un jour que j'avais onze ans, elle allait pas bien, sale période, elle était crevée, elle en pouvait plus... Ma mère et moi, on a toujours été que nous deux, elle disait que mon père était mort, et elle aimait pas les autres hommes. Elle en chiait, pour m'élever, pour que j'aie tout ce qu'il y a de mieux, et malgré tout ce boulot, garder un coin de son cœur intact, pour me prendre dans ses bras et me donner aussi ça : tout l'amour dont j'avais besoin.
Ma mère, un jour que j'avais onze ans je me suis fait virer du collège, franchement pour une connerie. Et elle avait pété un plomb. C'était un soir, dans la cuisine, avait fini par m'empoigner, moi je crois qu'elle avait bu, ça lui arrivait presque jamais mais ce soir-là, elle était légèrement torchée, il me semble.
Avait fini par m'empoigner, me coller une tarte, elle me tapait jamais.
Puis elle avait fait comme si j'étais pas là, elle cognait contre le mur, donnait des coups de poing dans les

portes, elle pleurait. Et moi, j'avais voulu la consoler, m'excuser, la calmer, qu'elle aille se coucher, qu'elle se repose.

Alors elle m'avait repoussé, à deux mains :

— Fils d'enculé, tu sais comment je l'ai connu, ton père ? Sale fils d'enculé, tu sais comment je l'ai rencontré ton fils de pute de père ? Il m'a coincée, j'avais vingt ans, il m'a coincée dans une ruelle, il m'a violée pendant deux heures... Voilà comment t'es né. Voilà tout ce qu'il me reste de lui...

Qu'elle disait, en remontant son pull, et me montrait ses seins, trois cicatrices toutes noires et rondes...

— ... Tout ce qu'il m'a donné ton fils de pute de père, regarde... Tu tiens de lui, tu m'entends ? Voilà comment t'es né, voilà c'est quoi tes gènes et toute ma vie tu l'as foutue en l'air.

On en a jamais plus reparlé. Mais j'ai bien compris que c'était vrai. J'ai rien dit pendant des années. Je l'aimais vraiment, ma mère. Elle est morte étouffée, aussi. Personne a capté qui c'était. J'ai regretté, en fait, quasiment pendant que je le faisais, j'aurais préféré ne pas le faire. Ma toute première.

1999

Des poils sur moi

Lui, j'ai su qu'on s'attraperait du moment que je l'ai vu.

Une de ces bonnes surprises, le « proverbial moment », où l'on s'y attend le moins.

J'ai pas cherché à m'esquiver. Même pas la peine de prendre cette peine, tellement il m'arrivait de plein fouet.

Dès que ça a commencé, au premier regard insisté, j'ai senti la taille de ma trouille, et c'était gigantesque, longtemps que ça m'avait pas fait ça.

On a bien tenu une demi-heure, à discuter de choses et d'autres, et puis on a défait les draps. Ça tombait trop sous le sens, qu'est-ce qu'on se voulait l'un et l'autre, on s'est même pas sentis gênés.

Les premiers jours, emprunts de grâce. De fruits encore jamais goûtés, sueurs avides, dos retournés, bribes de soleil collées au blanc, sa nuque mes mains son dos mon ventre, tous les membres se scotchant les uns aux autres, se pompant.

Intact, le plaisir, enlacés, chercher à se péter l'échine, à force de braillements, convoquer les vieilles forces. Chaque fois qu'il venait coller son engin contre mon ouverture et puis pousser un peu, écarter et venir, sa putain de tête chercheuse à l'œuvre, c'était à couper le souffle, l'artillerie lourde des sensations, comme s'il me caressait dessous la peau. Ce sexe raide comme un marteau, miracle à chaque fois, trop de puissance, je le voulais tout le temps dans mon ventre, soubresauts, ça ouvrait des portes profondes, des mouvements d'âme inattendus.

Souvent, je le tenais dans mes bras, serré contre moi, comme une vieille mère, couchée sur le flanc.

J'avais passé tellement d'années, de prudence et de renoncement. Et lui, s'imposant soudainement... Il arrivait à point nommé.

Son petit miracle de corps, qui donnait de légers vertiges quand j'ouvrais grands mes yeux sur lui, pendant qu'on se manipulait et se pliait en tous les sens pour mieux se morfaler l'un l'autre. Tant de fragilités côtoyant tant de forces, et il se laissait regarder, se faire voir et aimer, quasiment adorer. Jeune homme encore ami des femmes, pas encore bien séparé d'elles.

Toute une puissance fière de jaillir, on s'empoignait, on se menait vraiment la grande vie, viens, que je te fasse ta fête, déferler sur toi tout ce que je possède au creux des poèmes, écarte-moi bien avec ton truc, je sens que tu me prends, vraiment, ce que j'ai au fond de plus précieux et c'était là pour toi.

...

Mais je faisais attention, quand même, au début. Je m'imaginais qu'il suffirait de faire attention... J'en faisais affaire de vigilance, et aussi d'inventivité. J'étais de mauvaise foi. J'évitais ça depuis des années, parce que je savais parfaitement que ça m'était strictement interdit. Mais lui me plaisait tellement, je m'en endormais la prudence.

Les premiers temps avec lui, je me réveillais la première, de moi-même. J'allais me vérifier brièvement, salle de bains. Avec mes doigts passés partout pour voir si rien ne dépassait, puis je prenais mon pouls, me scrutais dans la glace. Tout allait bien, je retournais me coucher près de lui. Souvent, je me rendormais.

Et, les jours passant, il m'est arrivé de rester endormie à côté de lui, je laissais le jour se lever sans me méfier. Je me vérifiais quand j'y pensais, à tâtons, sous les draps.

Qu'est-ce que je m'imaginais, au juste...

Un beau matin, lui, sa bonne gaule collée contre mon dos, et moi, pas encore bien au courant de qu'est-ce qui se passait, l'attirant pour qu'il vienne sur moi.

Il embrassait ma bouche, il déposa un seul baiser sur mon menton, « tiens, aujourd'hui, ça pique un peu », comme un truc anodin.

Panique-dégagement de poitrine, le monde s'est retiré d'un coup, accompagné de tout mon sang. J'ai réfléchi plus vite qu'en mots, tout en me jetant hors du lit, « merde, merde, merde, j'ai oublié un putain de truc trop important à faire, aujourd'hui, laisse-moi tranquille, allez, non, j'ai pas le temps ».

Et j'ai tracé, j'étais dehors en deux minutes.

Terrorisée, dans le métro. Je me vérifiais, mine de rien, j'essayais d'imaginer exactement où j'en étais. Mais quand venaient les poils au menton, l'accélération était prise. Pulsations, le bruit du sang allant s'amplifiant, de façon notoire, que j'aurais dû capter.

Des années que je ne m'étais pas retrouvée comme ça, dehors, alors que « ça » commençait... Les signes avant-coureurs étaient suffisamment nombreux et perceptibles. Sauf si on était concentré intensément sur autre chose, une émotion forte de surcroît. Comme son mignon petit cul et le voir rebondir, le sentant s'affairer, s'activer.

J'avais la tête à autre chose, je ne m'étais pas attardée... aux ongles qui se dédoublent, la voix s'enrouant, l'appétit se déréglant, la bouche toujours un petit peu sèche... Et puis, tant que je n'avais pas d'amant, la meilleure alerte d'entre toutes c'était ces brusques fringales de sexe, comme une puissance détachée de moi et voulant dévorer les autres. Alors, quand tout se manifestait, d'habitude, je descendais faire provision de clopes et de vivres, je donnais trois quatre coups de fil, pour prévenir que je ne serais pas là et je m'enfermais. Rideaux tirés, cassettes vidéo empilées, enregistrées pour ces moments-là, rester peinarde devant la télé.

C'est venu à la puberté, ça s'est d'abord fait tout doucement, sans même que ça m'alerte une seconde. Quasiment tout en touches subtiles, de sensibles changements d'humeur, transformations de l'ordre du probable. Longtemps, j'ai attribué ça aux mystères de « mon cycle ». Je ne sais pas au juste ce que j'entendais par « mon cycle », mais ça me semblait une bonne réponse. J'avais déjà repéré, léger duvet me recouvrant les tempes, et puis des caprices, un tempérament d'emmerdeuse, les hanches s'alourdissant pour plusieurs jours, et les cheveux, comme s'il m'en poussait par poignées chaque jour. Rien de tellement sidérant.

Jusqu'à un jour de juillet, où ça s'est vraiment déclaré. Je devais être assez vieille pour ça. Heureusement pour moi, c'était pleine fin d'adolescence, et tout le monde était sous acide. C'est passé sur le compte de « l'hallucination collective »; c'est même devenu un grand classique de la bande dans laquelle je traînais. « La nuit où Jeanne s'est transformée en sorte de louve... Je te jure, et le pire, c'est qu'on l'a tous vu en même temps. On en pouvait plus de rire, ça foutait les chocottes, mais on avait le fou rire... Elle arpentait la pièce comme une damnée, avec sa tête toute velue de longues dents jaunes et des petits yeux perçants, menaçants. Elle arrêtait plus de répéter « l'heure de payer est donc venue », en faisant des grimaces pas possibles... C'est sûrement de là que c'est parti, tellement la grimace qu'on l'a tous prise pour un monstre. T'imagines? Et tous, on l'a vue pareil... Incroyable, non? C'était trop le délire, l'acide... »

Au petit matin, cette heure où il n'y a presque personne, c'est soit trop tôt ou soit trop tard, je suis rentrée en me faufilant, tête enfoncée dans mes épaules. Il faisait grand et beau soleil, j'essayais de me soustraire aux regards, je suis rentrée fissa chez moi. J'espérais encore, confusément, que ça passerait après la descente, que c'était qu'une affaire de buvard.

J'ai attendu. Fumé et fumé jusqu'à m'abrutir complètement, tomber, dormir.

La première fois que je me suis vue, complètement transformée, le choc initial a été de me plaire. Bizarrement, quelque chose de devenu puissant, étrangement séduisant. J'étais une sorte de bête massive, avec une lueur dans le regard, humaine.

Mais aussitôt, presque en même temps, j'ai imaginé quelqu'un pouvant me voir ainsi et ça m'a vraiment effondrée.

J'aurais d'abord dit que je ressemblais à un homme, à cause du pelage très pâle qui me recouvrait jusqu'au nombril, mais, en y regardant plus attentivement, j'étais plus proche de la guenon. Une de ces femmes de la planète singe, mais en moins aimable dans le faciès. Quelque chose dans mon expression était buté, déterminé, d'une brutalité maligne.

L'aspect fascinant de la chose ne m'a pas concernée bien longtemps. J'étais uniquement dégoûtée. D'être moi dans un corps pareil. Honteuse que ce truc inconnu me tombe dessus, me doutant bien que j'y étais pour quelque chose, mais ne sachant pas au juste quoi. Honteuse, à en souhaiter se faire engloutir et disparaître.

Ma première explication, c'était que ça soye en rapport avec Tchernobyl.

J'avais les cuisses doublées de volume, comme les épaules les poignets la mâchoire. Je me suis habillée jusqu'aux gants, les vêtements les plus amples possibles, mais rien ne me faisait m'oublier. Et je ne pouvais tout simplement plus sortir. J'ai franchement cru que j'en crèverais. Envisageant les morts possibles qui ne laisseraient pas trace de mon corps. Que personne se doute, jamais, que personne voie ce que j'étais devenue. Ce que j'étais, en fait.

Il y avait aussi la colère, s'emparant de moi. Fureur, en soulèvements terribles, la rancœur que j'avais de tous les autres, de ne pas être comme ça, de savoir bien s'y prendre, que ça ne leur arrive pas, à eux, mais forcément à moi.

Subitement, jour au lendemain, sans raison apparente, j'avais changé d'humeur. Je me suis levée, examiné mes membres en les palpant sous mes épaisseurs de fringues. Tout était revenu à proportions plausibles. Les poils partout sur moi avaient massivement blanchi et tombaient par poignées, comme ceux d'un vieux clébard.

Je suis retournée devant mon miroir. J'ai rasé ce qui restait. Le plus étrange, à me faire face un rasoir à la main, en train de faire ces « gestes-là », n'était finalement pas que je ressemblais à un bonhomme, mais que justement non. J'étais une très jeune fille se rasant, comme une bonne blague.

Tout est redevenu parfaitement normal, parenthèse close, un cauchemar d'à peine quatre jours. J'ai retrouvé mon ancienne vie, intacte, les potes que j'avais quittés au petit matin, inquiets de ce que j'avais fait ensuite, hilares du bon délire qu'on avait eu, espérant que j'avais pas fait bad trip. J'ai été perturbée encore toute une semaine, et puis j'ai oublié l'histoire.

Sauf que, bien sûr, ça m'est revenu. A intervalles irréguliers, environ une fois par saison, ça ne m'a plus jamais lâchée. Je sentais mon corps se mettre en branle, se préparer à remettre ça, alors je me cloisonnais chez moi, immontrable, abjecte et bourrée de honte à en être toute purulente.

Enfermée, double tour, cœur battant quand le téléphone sonne, car à la fin même la voix change et devient rocailleuse et glauque.

J'étais habitée de pensées atroces, réclamant du sang, de la vengeance, ça braillait de fond en comble de moi, ça s'emparait complètement de tout. Scènes morbides,

116

je me concentrais spontanément, à comment serait la mort des gens. C'était un exercice. Concentrée, comment trancher une gorge, je sentais sous mes doigts la lame et le corps de l'autre, récalcitrant, puis se calmant, se relâchant. L'avoir fait. Par courts moments, mon imagination était si nette que c'en était comme des souvenirs. Il y avait une faim à assouvir, qui me dépassait largement. Elle prenait sa source des siècles avant le mien et s'étendait à infiniment plus tard que moi. Elle recouvrait ce que j'étais, mais en même temps milliers d'autres âmes.

Les efforts de concentration étaient tous liés les uns aux autres, l'univers devenait plus précis, nous étions en mission, il y avait d'autres êtres avec moi, que je discernais encore mal, nous étions en mission, il s'agissait d'un bain de sang. Guerriers. Tous entraînés à savoir qu'il fallait le faire. Dans la nécessité absolue. Frénétiquement mais patiemment, quelque chose se mettait en place dedans moi, qui chercherait à émerger et s'en foutrait de me déchirer de bas en haut pour un jour voir de la lumière.

Ça n'avait strictement rien de gai, ces quelques jours qui m'arrivaient, de temps à autre. Bien sûr je n'en ai jamais parlé. La répulsion extrême, une solitude totale et apeurée. Ça passait. Et moi, chaque fois, je faisais comme si de rien n'était.

Je m'observais malgré tout, sous toutes les coutures, espérant trouver une explication, quelque chose à éviter pour éviter que « ça » se reproduise, j'ai étudié les lunes, ma nourriture, mes défonces, mes pilules, le temps qu'il faisait...
Ça me prenait quand ça voulait et tout ce que je pouvais faire c'était limiter les dégâts, bien me grouiller pour aller me planquer et m'enfermer à triple tour.

Ça m'a transformée, jusqu'au reste du temps, ça m'a noyauté tout l'ensemble. Craintive et querelleuse. J'en voulais à tout un chacun. De pouvoir savoir, de ne pas en être, d'être un putain de privilégié et pourquoi moi je savais ces choses et pourquoi moi toute seule à porter ce fardeau de honte. Toujours quelque chose à me reprocher, à me douter, toujours y penser, ne pas s'exposer au danger.

Il fallait même éviter d'y penser, en mon for intérieur, je ne nommais pas « la chose » et je ne formulais rien à son propos.

Je me contentais de me tordre les mains et de me morfondre, essayer de me cacher sous mes oreillers à chaque fois que ça arrivait.

C'était devenu un tel bazar que j'en évitais tous les garçons. Les premières années, en période sûre, j'avais eu de brèves nuits d'amour. Des fulgurances pourpres, çà et là, de bonnes choses, souvent. Mais rien qui puisse se prolonger, même pas jusqu'au petit matin. Je ne me faisais pas suffisamment confiance, aucune envie de me réveiller transformée en orang-outan dans le lit d'un garçon. Cette idée me déplaisait suffisamment pour que ça m'en coupe l'envie tout court.

Jusqu'au bonhomme, à celui-là... Je le voulais, lui, à tel point... que je me suis persuadée que je me connaissais assez bien pour envisager d'avoir une histoire avec lui, et de me méfier, et de me débrouiller pour disparaître quelques jours, temps à autre... Je m'étais même inventé un métier, je devais des fois partir à l'étranger. Je croyais que j'avais tout prévu, jusqu'à ce fameux matin où il m'a pointée au menton, en souriant comme un crétin, devait s'imaginer que j'avais un léger problème de duvet, ce genre de truc qu'on va chez l'esthéticienne pour s'en occuper. J'aurais juste bien voulu voir sa gueule, à l'esthéticienne, si je m'étais pointée chez elle transformée.

Avec lui... penché sur moi, collé à moi, c'était à s'en confondre l'odeur, tout un bonheur régnant sur moi, j'ai foncé tête baissée, oublié toute prudence.

Je me suis sauvée comme une guedin, impossible de

lui faire croire que j'avais un avion à prendre, j'ai couru dans les escaliers et puis dans la rue, pareil. Longtemps, des années, que ça ne m'était pas arrivé. Devoir être dans la rue avec les poils qui poussent partout et le corps qui se déménage et s'écarte. Devoir être chez moi au plus vite. Je regardais que par terre, pas voir si les gens m'observaient ou pas. Impossible d'avoir une contenance quand on se chope une tête de guenon. Comment mettre mon visage pour qu'on le voye le moins possible, je le collais entre mes mains, faisais la fille qui a un gros chagrin. J'avais mal aux épaules, tellement j'étais tendue. Rentrer chez moi, très vite. Fermer la porte sur le dehors pour, enfin, dégénérer en paix et surtout sans témoin pour dire.

J'aurais voulu lui téléphoner, appeler pour lui dire un balourd, mais j'étais déjà trop changée, la voix partie dans le guttural. Je me faisais du souci pour lui, qu'est-ce qu'il allait penser, s'imaginer. Désolée d'introduire ça entre nous. Et désolée d'être séparée de lui. Arrachée forcée par ce truc. Au fil des ans, je m'étais presque habituée, c'était mon rythme à moi, mon sale secret tenu en laisse. Mais cette nuit-là fut plus terrible que d'habitude. Je ne voulais plus. Je ne voulais pas être celle-là. Désignée pour je ne sais trop quoi.

Et puis, il s'est mis à m'appeler, jusqu'à ce que je débranche, il est venu frapper chez moi, j'ai dû éteindre toutes les lumières en attendant qu'il parte, pour faire croire que je n'y étais pas. Il a même appelé d'en bas, en dessous ma fenêtre, comme un taré.

Je me suis mise à le haïr, aussi brutalement que je m'en voulais à moi. D'insister, sans se douter, de ne pas savoir, d'être comme un con.

J'ai commencé à me concentrer, sur ces sales histoires de massacre. J'ai croisé les premières autres, c'était d'autres femmes, comme moi, se transformant ici ou là. On se reconnaissait. Un soir, dans un bar, j'ai vu une fille, une brune gironde aux grands yeux verts. Quelque chose, un genre de sixième sens, me prévenait. Et quand je l'ai dévisagée, pour être sûre, elle m'a rendu mon regard, en souriant discrètement. Et elle m'a frôlée en sortant, avec les yeux fait signe que oui. A partir de ce jour, j'ai appris à mieux les reconnaître. J'ai même discuté avec l'une d'entre elles, à une soirée. C'était une ancienne, elle m'a raconté.

Certaines devenaient des juments, d'autres de merveilleuses sirènes, d'autres encore devenaient des truies. Nous répétions, toutes en même temps, une chorégraphie sacrilège, et tout brûlait sur notre passage. Une horde de furies, parfaitement synchronisées.

Ça m'a soulagée, de comprendre que d'autres que moi se retiraient, aussi, se confrontaient à cette même chose. Et soulagée, en même temps qu'inquiétée, de commencer à comprendre que l'heure viendrait un jour, de sortir, telles quelles. Et que personne n'aurait le temps de rire.

Mais dès que c'est passé, j'ai rejoint mon jeune amant, tout occupée à me faire pardonner, je ne voulais plus y réfléchir, prétendais que rien ne s'était passé.

Et le gamin commençait à sérieusement nous pourrir l'appétit, tout le temps remettre ça sur le tapis, vouloir savoir ce que je trafiquais. Quelque chose, trois fois rien, quatre jours par-ci par-là, lui échappait, et c'était mille fois trop pour lui.

C'était devenu moins gai, entre nous, nettement moins léger. Mais le sexe, encore trop parlant, nous retenait de trancher dans le vif.

Jusqu'au jour, fatalement, où enfermée encore une fois, je me tirais les cartes sur le lit. J'avais remarqué ça, la transformation décuplait la faculté de lire les cartes. Je m'occupais. Je savais qu'il serait vers chez moi, comme à chaque fois, rendu taré. D'une manière nettement plus discrète, sa métamorphose à lui était tout aussi radicale. Il devenait stupidement dingue, un genre de plaie en pleine alerte.

Jusqu'au jour à la con où il s'est procuré mes clés.

Quand j'ai entendu la clé tourner dans la serrure, je n'étais même pas habillée. J'ai espéré que c'était chez les voisins, on entend tout ce qui se passe chez eux, seulement, bruits dans le couloir, c'était effectivement chez moi.

Je me suis enfouie sous la grosse couette et gémi comme une bête affreuse, j'étais terrorisée, incapable de me retenir. Je le repoussais à deux mains, je me recroquevillais au fond du lit. C'était impossible qu'il me voie... Impossible, et pourtant ça devait arriver...

Je pensais au film *Elephant Man*, en même temps, c'était à moitié incongru parce que j'étais là à brailler et me débattre comme un animal apeuré. Et une petite partie de mon cerveau s'était mise à cogiter sur Elephant Man, pauvre gars.

Ça a été toute une java, pour qu'il finisse par me calmer, me rassurer et que je me laisse voir. J'étais baignée de larmes. Je lui en voulais à le tuer, en même temps que je voulais crever, c'était un petit peu mélangé.

Et il m'a vue. Il semblait bouleversé, mais pas comme je l'attendais. Il n'a pas été répulsé. Il a fait comme s'il n'y avait rien. Il promenait ses yeux sur mon corps boursouflé gonflé prêt à la guerre, sur ma peau recouverte de poils d'animal, mes yeux rétrécis, ma mâchoire saillante... Il découvrait tout cela, et faisait comme s'il n'y avait rien.

C'est à ce moment là que j'ai compris. Il pensait m'avoir. « Mais tu es belle, tu n'as rien, tu es belle comme toutes les autres fois... », dit-il en caressant mes cheveux.

Et il m'a fait l'amour sans aucune répugnance, même, au contraire, avec un peu plus d'entrain. Je l'ai laissé magouiller son truc sans lui montrer que j'avais capté.

En fait, il était désigné. C'était de là qu'il sortait. Ça avait l'air d'une chouette histoire d'amour, innocente, un truc qui allait me tirer du faux pas, justement, et m'entraîner vers de la lumière. Mais ça, c'était rien que des conneries... Ce type là était là pour ça.

Cette putain de sale besogne, ce corps sordide et fort, toute cette puissance accumulée... Et lui, baisant mon ventre tout déformé. Il était venu là donner à la bête un enfant. Je ne sais pas s'il se rendait bien compte. Il était venu fourrer la bête, pour l'engrosser, qu'elle se répande. Voilà pourquoi tant d'insistance, à chaque fois que je lui échappais. Ce qu'il cherchait, lui, au juste, peut-être même en toute innocence, c'était à s'emparer de la bête, pour l'engrosser, qu'elle se répande.

C'est d'ailleurs ce qui les amenait à ça. Elles portaient toutes des enfants bêtes. Elles faisaient place nette pour leurs petiots. Que personne s'avise de faire chier, ou n'ait le temps de juger, vouloir juger des privilèges qu'ils s'arrogeraient.

Et lui, je l'ai aimé pire que d'aimer un enfant, je l'aimais comme le centre du monde un corps qui pardonnerait au mien et jamais ne l'abandonnerait.

J'ai aimé ça au paroxysme, cette dernière fois qu'on l'a fait, il était comme un dératé mais très très attentif à moi, et moi j'ai même parlé, j'ai dit les trucs comment je voulais et quand ça ralentisse et à la fin ça m'a toute déchiquetée, secouée, une déglingue sensorielle comme j'en avais jamais connu, tout à fait culminant. Le moment où il a déchargé, ça m'a éclaboussée au-dedans et tout éblouie de l'intérieur.

Ensuite, je l'ai défoncé à coups de marteau ; je me suis levée, juste après, lui se reposait encore. Je suis allée chercher l'outil, je l'ai cogné. Le premier coup, c'était le vertige, un mur à franchir et après ça, enchaînement, j'étais enragée contre lui, qu'il fasse partie du plan au lieu de vouloir m'en sauver. Qu'il veuille coller un môme au monstre.

Je savais que j'allais au-devant de graves problèmes. Mais c'était tout ce que je pouvais faire pour m'empêcher que ça aille plus loin, pour arrêter de devenir une bête, pas participer au carnage.

Ensuite, ça a déliré grave. Ils se sont tous précipités, pour me juger et ci et ça, mais qu'est-ce qu'ils connaissaient à quoi pour se permettre d'ouvrir leur gueule. Cette histoire d'acide qu'on avait pris, ados, est remontée à la surface. Elle m'a d'ailleurs sauvé la peau. La rumeur a voulu que je soye restée bloquée. C'est ça, les corniauds se racontent des histoires. Ça doit être ça... j'ai perdu les pédales pour un acide de trop. Moi, je voudrais pas leur faire de peine, mais ils verront, dans peu de temps, où se la carrer, et bien profond, ma fameuse remontée d'acide.

Juin 1999

Librio

308

Achevé d'imprimer en Italie par  Grafica Veneta
en juillet 2016 pour le compte de E.J.L.
87, quai Panhard-et-Levassor, 75013 Paris
1er dépôt légal 1999
EAN 9782290011546

Diffusion France et étranger : Flammarion